RENÉ BAZIN
DE L'ACADÉMIE FRANÇAISE

Ma Tante Giron

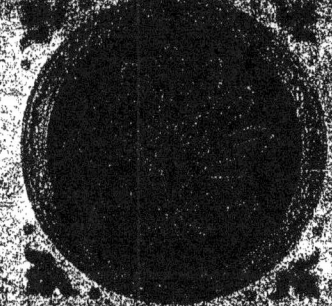

MAISON ALFRED MAME
ET FILS

MA

TANTE GIRON

SÉRIE 12

N° 1246

DU MÊME AUTEUR

MAISON ALFRED MAME ET FILS, ÉDITEURS, A TOURS

STÉPHANETTE, un vol. in-4º ill. et in-12.

CONTES DE BONNE PERRETTE, un vol. in-4º ill. et in-12.

UNE TACHE D'ENCRE (ouvrage couronné par l'Académie française), un vol. in-4º ill.

LE GUIDE DE L'EMPEREUR, un vol. in-4º ill.

L'ENSEIGNE DE VAISSEAU PAUL HENRY, un vol. in-4º illustré et in-12.

LA TERRE QUI MEURT, un vol. in-4º ill.

MADAME CORENTINE, un vol. petit in-folio ill.

LES NOELLET, un vol. petit in-folio ill.

LA SARCELLE BLEUE, un vol. petit in-folio ill.

MA TANTE GIRON, un vol. petit in-folio ill.

UN HOMME D'ŒUVRES, un vol. in-4º ill.

LE DUC DE NEMOURS, un vol. in-4º ill.

NORD-SUD, un vol. in-4º ill.

RÉCITS DE LA PLAINE ET DE LA MONTAGNE, un vol. in-4º ill.

CONTES ET PAYSAGES (EN PROVINCE), un vol. in-4º ill.

NOTES D'UN AMATEUR DE COULEURS, un vol. in-4º ill.

PAGES RELIGIEUSES, un vol. in-12.

IL ÉTAIT QUATRE PETITS ENFANTS, un vol. in-12.

CHEZ CALMANN-LÉVY, ÉDITEURS, A PARIS

UNE TACHE D'ENCRE (ouvrage couronné par l'Académie française), un vol. in-12.

LES NOELLET, un vol. in-12.

A L'AVENTURE, un vol. in-12.

MA TANTE GIRON, un vol. in-12.

LA SARCELLE BLEUE, un vol. in-12.

SICILE (ouvrage couronné par l'Académie française), un vol. in-12.

MADAME CORENTINE, un vol. in-12.

LES ITALIENS D'AUJOURD'HUI, un vol. in-12.

TERRE D'ESPAGNE, un vol. in-12.

EN PROVINCE, un vol. in-12.

DE TOUTE SON AME, un vol. in-12.

LA TERRE QUI MEURT, un vol. in-12.

CROQUIS DE FRANCE ET D'ORIENT, un vol. in-12.

LES OBERLÉ, un vol. in-12.

DONATIENNE, un vol. in-12.

PAGES CHOISIES, un vol. in-12.

RÉCITS DE LA PLAINE ET DE LA MONTAGNE, un vol. in-12.

LE GUIDE DE L'EMPEREUR, un vol. in-12.

CONTES DE BONNE PERRETTE, un vol. in-12.

L'ISOLÉE, un vol. in-12.

QUESTIONS LITTÉRAIRES ET SOCIALES, un vol. in-12.

LE BLÉ QUI LÈVE, un vol. in-12.

MÉMOIRES D'UNE VIEILLE FILLE, un vol. in-12.

LE MARIAGE DE MADEMOISELLE GIMEL, DACTYLOGRAPHE, un vol. in-12.

LA BARRIÈRE, un vol. in-12.

DAVIDÉE BIROT, un vol. in-12.

NORD-SUD, un vol. in-12.

GINGOLPH L'ABANDONNÉ, un vol. in-12.

RÉCITS DU TEMPS DE LA GUERRE, un vol. in-12.

AUJOURD'HUI ET DEMAIN, un vol. in-12.

LA CLOSERIE DE CHAMPDOLENT, un vol. in-12.

LES NOUVEAUX OBERLÉ, un vol. in-12.

NOTES D'UN AMATEUR DE COULEURS, un vol. in-12.

CONTE DU TRIOLET, un vol. in-12.

BALTUS LE LORRAIN, un vol. in-12.

ÉDITION ILLUSTRÉE

LES OBERLÉ, un vol. in-8º jésus, aquarelles et dessins de Charles Spindler.

LIBRAIRIE ÉMILE-PAUL

LE DUC DE NEMOURS, un vol. in-12.

LIBRAIRIE J. DE GIGORD

LA DOUCE FRANCE, un vol. in-12.

« Monsieur est de bonne prise, » dit le garde-chasse.

RENÉ BAZIN

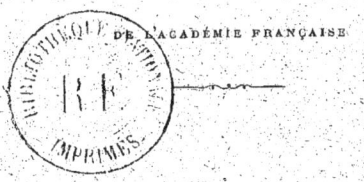

DE L'ACADÉMIE FRANÇAISE

MA

TANTE GIRON

Illustration de G. Dutriac

TOURS

MAISON ALFRED MAME ET FILS

MA

TANTE GIRON

I

« A vous un lièvre ! »

L'animal venait, en effet, de débouler dans un champ
de trèfle nouvellement fauché, sous les pieds du garde,
qui l'avait manqué de ses deux coups de fusil. Il
arrivait, haut sur pattes, les oreilles droites, au petit
galop, sur les trois autres chasseurs qui battaient en
ligne la pièce de trèfle. Il passa d'abord à trente pas
du baron Jacques. Le jeune homme tira sans viser :
pan! pan! Le lièvre ne broncha pas. Seulement une
fine poussière, comme en fait un moineau qui se poudre,
s'éleva derrière lui.

Ce fut le tour du comte Jules. Campé fièrement, le
pied droit sur un sillon, le pied gauche sur un autre,
il épaula son fusil neuf aux ferrures d'argent, ajusta
longuement, puis rabattit l'arme en criant :

« Hors de portée ! »

Il faut dire qu'il manquait souvent, et qu'il épargnait les coups pour épargner son amour-propre.

A ce cri, le lièvre fit un bond, tourna à angle droit, se ramassa sur lui-même, et, couchant ses oreilles, s'éloigna grand train dans le creux du sillon.

Mon grand-père était le dernier sur la ligne des chasseurs, un peu en arrière du comte. Il eut un sourire narquois. Ses compagnons, qui l'observaient, le virent mettre la main à sa poche droite, en retirer sa tabatière, humer une petite prise, puis rentrer l'objet dans les profondeurs d'où il l'avait sorti. Alors, seulement alors, mon grand-père leva son fameux fusil *en fer aigre*. Il épaula vivement. Le chien s'abattit. On entendit un bruit de capsule et, une demi-seconde après, une détonation un peu plus forte : au bout du champ, tout près de la haie, le lièvre culbutait, et tombait raide mort entre deux touffes de trèfle rouge.

« Voilà, jeunes gens, comment on tue un lièvre ! » s'écria mon grand-père.

Et, quand ils se furent rapprochés :

« Quelle distance, hein ! cent pas au moins.

— Oh ! cent pas ! dit le baron en hochant la tête, vous le faites courir encore votre lièvre.

— Il était loin, soupira le comte.

— Nous allons voir, » répliqua mon grand-père.

Et il se mit à marcher sur le dos du sillon, dans la direction de la haie.

Il faisait les pas fort petits : d'abord parce qu'il n'était pas grand, et aussi pour en compter davantage.

« Soixante-dix-neuf, quatre-vingts, quatre-vingt-un,
quatre-vingt-deux! dit-il en arrivant près du lièvre.
Quelle distance! »

Il ramassa la bête, examina, — une demi-douzaine
de grains de plomb dans la nuque, — et se donna

Au bout du champ, tout près de la haie, le lièvre culbuta.

le plaisir de glisser lui-même la victime dans la car-
nassière du garde, déjà pleine, sur laquelle s'arron-
dissait, luisante, et glorieusement usée par endroits,
une peau de sanglier. Puis il atteignit un flacon d'huile,
une brosse courte, un paquet de chiffons, et s'assit sur
l'herbe.

Le baron Jacques, que l'ardeur de la jeunesse et le

dépit d'un coup manqué poussait en avant, s'était déjà remis en route. Il se retourna en disant :

« Mais venez donc, il y a des perdr... »

La phrase expira sur ses lèvres. Il venait d'apercevoir mon grand-père assis sur l'herbe, qui plongeait, dans le canon droit de son fusil, la baguette entourée d'un linge gras. Il eut un petit haussement d'épaules.

« C'est juste, murmura-t-il, *le fer aigre...* en voilà un instrument! »

Il continua de marcher vers le champ voisin.

« Allez, allez, Jacques, criait mon grand-père; je vous rejoindrai tout à l'heure; vous savez que ce sont des gris; prenez le vent. »

Puis, sans se presser, il se remit à nettoyer son fusil en fer aigre. En fer aigre! Le lecteur s'étonnera peut-être de cette expression. Il est cependant incontestable que mon grand-père avait un fusil en fer aigre. Je le conserve encore, ce vieux fusil, ennobli par tant d'exploits, au bois originairement brun foncé, presque noir aujourd'hui, soumis qu'il a été depuis vingt ans, sur les crochets d'une cheminée, au régime des jambons d'York. Il n'a rien de remarquable à l'œil. C'est une arme de petit calibre, à courte crosse, sur laquelle est ébauchée une tête de sanglier, à canons très longs et très minces, forgés par une main qui n'était pas célèbre et ne les a pas signés. A voir l'épaisseur de ces humbles tubes d'acier, qui est, à l'extrémité, celle d'une feuille de fort papier, un sportsman d'aujourd'hui sourirait de pitié. Pourtant ces deux mauvais canons, pendant soixante ans, ont supporté l'effort de la poudre, la brume des marais, les éclaboussures de rosée des champs de choux et les ardeurs des grands jours chauds. Ils portaient le plomb et la balle avec une égale précision, supérieurs en cela aux *choke-bored* à la mode, qui éclatent sous la pression d'une balle : à quatre-vingts pas, ils logeaient dix grains de plomb dans une pomme, — une grosse pomme; — à cent pas, ils abattaient un loup. Ils n'avaient qu'un défaut, celui de s'encrasser très vite. L'acier dont ils étaient forgés avait une écorce rugueuse, prenante, happant et retenant la fumée au passage, aigre en un mot. Défaut grave et gênant, qui obligeait mon grand-père, — du moins l'excellent homme le croyait-il, — à passer un linge gras dans le canon de son fusil dès qu'il avait tiré, et, tous les vingt coups, à laver les deux canons à grande eau.

Ce que de semblables opérations valurent à mon grand-père de reproches et d'exclamations de la part de ses compagnons de chasse, on le devine sans peine. Elles se renouvelaient fréquemment : il y avait tant de gibier dans ce temps et dans ce pays-là ! Le temps, déjà bien loin, c'était le premier septembre 1828; le pays, c'était le Craonais.

Cette région n'a jamais eu d'existence à part dans les divisions politiques de l'ancienne ou de la nouvelle France. Elle a pourtant son caractère original et nette-ment marqué; elle est bien une petite province par la nature de son sol et de ses habitants. A voir l'ajonc qui pousse sur ses talus, la bruyère assez commune dans ses bois, ses pommiers et ses sarrasins en fleur, on

serait tenté de dire : C'est la Bretagne. A voir ses
hommes, grands, robustes, aux types songeurs, on
pourrait croire : C'est la Vendée. Mais regardez ces
prairies, où paissent, mêlés, de grands troupeaux de
bœufs et d'oies; les chevaux, d'une race trapue et
robuste; les bandes de porcs, errant à la glandée par
les chemins; cette terre forte que la charrue soulève en
mottes violettes, où nulle part le rocher n'affleure;
regardez les chênes que cette terre nourrit : vous n'en
verrez ailleurs ni tant ni de si beaux; ils entourent les
champs d'une couronne sombre; leur pointe est droite,
car la mer est loin et les grands coups de vent
n'atteignent point là leur frondaison puissante, car le
sol est profond à leurs pieds. Si vous montez sur les
rares collines qui se croisent çà et là, dans la campagne,
comme les nervures de cette feuille verte, et forment les
bassins de ruisseaux charmants et sans nom, vous
n'apercevrez jusqu'à l'horizon que des cimes de chênes,
au milieu desquelles percent parfois un clocher blanc,
un peuplier ou le faîte d'un alizier empourpré par
l'automne. Non, ce n'est plus la Bretagne, ce n'est pas
encore la Vendée : c'est le Craonais.

La grande propriété y domine. Les fermes, générale-
ment étendues, sont louées, depuis des générations, par
les mêmes familles de fermiers aux mêmes familles de
propriétaires. Autour des villages, on trouve aussi
quelques closeries, où vivent des journaliers, d'anciens
soldats ou piqueurs retraités, arrosant les laitues
d'une main qui porta le mousquet ou la trompe de
chasse.

Les chiens ne levèrent rien dans les roseaux.

2

Presque toutes ces vieilles familles, — on pourrait dire ces vieilles maisons, — de labroureurs sont aisées, plusieurs même très riches. Chez toutes, on rencontre une foi vive et éclairée, l'amour du sol, le culte des traditions; le tout bien abrité par un bon sens résistant à l'erreur et par le sentiment de l'antique honnêteté de la race.

Le paysan craonais, — dont le nom honorifique est : métayer, lors même qu'il est fermier, — grand, large d'épaules et lent d'allures, n'a pas la tête légère ni l'humeur querelleuse du Breton. Moins sombre que le Vendéen, il est comme lui indépendant et méfiant. Il reconnaît et respecte trois autorités : son curé, son père et son maître. Hors de là, il ne s'en laisse guère imposer : un uniforme brodé le fait rire. Sous la Révolution, il fut le premier levé et le plus irrégulier des soldats de la chouannerie. Pour le commander, il lui fallait des chefs de son choix et toujours de chez lui. Sitôt le coup de main achevé, il rentrait à la ferme ou se cachait dans un genêt voisin, et laissait pour deux mois, trois mois, six mois, dormir sa carabine.

Elle dort maintenant pour toujours, enfumée sous le manteau des cheminées où la légende des grandes guerres s'éveille encore parfois, les soirs d'hiver; et c'est tout ce qui survit de ce temps lointain, car les derniers témoins sont morts, et le costume qu'ils portaient, le pantalon et la veste courte en drap bleu et le large feutre à galon de velours, a peu à peu disparu.

Quel plaisir charmant était, il y a cinquante ans, la chasse à tir dans ce pays-là ! On y braconnait certes autant qu'aujourd'hui, on n'y chassait guère moins, et les gardes, comme aujourd'hui, ne gardaient rien. Cependant le gibier abondait. Il avait de si belles retraites : les blés noirs, les trèfles, les choux, d'une variété de haute futaie, les haies énormes et fournies, et surtout les champs de genêts.

Où sont-ils à présent ces genêts toujours verts, qui jetaient dans la campagne, pendant huit mois sur douze, l'étincelle joyeuse et le parfum de leurs fleurs d'or? C'est un humble arbuste que le genêt; mais en regardant bien, quelle que soit sa saison, vous trouverez presque sûrement sur la tige, soit en haut, soit en bas, un bouton qui va s'ouvrir, une petite nacelle prête à tendre au vent sa jolie voile jaune. Et si le genêt se repose, regardez à côté : c'est que la bruyère est rose, c'est que l'ajonc est fleuri. Car le printemps ne quitta pas la lande; il en fait le tour d'un bout de l'année à l'autre, et les paysans, qui le savent, avaient coutume de dire : A toutes les fêtes de Vierge le jaguelier fleurit.

Hélas! j'ai vu la charrue coucher à terre les derniers genêts du Craonais, il y a quelques années, dans un petit champ qui s'appelle l'Écobu. Je ne passe jamais là sans m'en souvenir tristement.

Avec quel battement de cœur un vrai chasseur attaquait ces remises sans pareilles! Il s'avançait doucement, la main sur la détente de son fusil, tandis que le chien, tournant les touffes, suivait, le nez sur la mousse, une trace encore chaude. Lièvre, perdreau, bécasse, râle, il y avait toujours quelque gibier de choix dans le genêt. Les

perdreaux partaient un à un, compagnons gris, compagnons rouges, rasant la fine pointe des balais verts. Quel
jolis coups alors! Beaucoup de chasseurs tiraient bien :
ils tiraient si souvent!

Et puis le fusil à pierre les avait mis à si bonne
école!

O jeunes gens d'aujourd'hui, qui vous croyez adroits
pour avoir atteint quelques perdreaux avec vos mitrail-
leuses à percussion centrale, pensez à cet âge héroïque
du fusil à pierre! On pouvait être fier alors d'un coup
heureux. L'opération n'était pas simple. On pressait la
gâchette : le silex frappait l'acier, l'étincelle jaillissait, et,
quelquefois, par un heureux hasard, rencontrait la poudre
du bassinet; alors si la poudre n'était pas mouillée par
une goutte de pluie ou de rosée, si le choc d'une branche
ne l'avait pas précipitée à terre, elle prenait feu, et,
presque toujours, avec le temps, enflammait la charge.
Pendant la durée variable de cette sucession d'incendies,
il fallait suivre de l'œil la bête qui courait ou qui volait,
sans quoi le plomb ne traversait que l'air.

On se levait à 5 heures, à 5 heures et demie on
partait. Le rendez-vous était souvent à deux ou trois
lieues; on les faisait à pied; on chassait jusqu'à la nuit,
sans autre repos qu'une heure pour dîner d'un morceau
de pain et d'un peu de beurre qu'on partageait avec son
chien; et le soir on revenait encore à pied.

Le régime était rude. Mais que de pièces abattues!
Les carnassières crevaient sous le fardeau. Par toutes les
mailles le poil et la plume faisaient saillie : fourrure précieuse et douce aux yeux du chasseur. Trente perdrix

n'étonnaient point en un jour d'ouverture. Je vous en prends à témoin, Fanchette, vous qui avez plumé, flambé, fait rôtir ou mis aux choux les perdrix que tuait mon grand-père, en ces temps légendaires, dans le Craonais giboyeux, avec son fusil en fer aigre.

Quand il eut nettoyé son arme, mon grand-père songea à rejoindre ses compagnons. Guidé par leurs coups de feu, il les retrouva comme ils sortaient d'une grande pièce de terre en jachère, couverte de remberge. Le baron avait tué un lapin, et le comte Jules un ramier : tous deux étaient contents.

« Mes amis, dit mon grand-père, il est temps de nous rabattre sur le bourg. Il ne faut pas que ma sœur nous attende.

— Déjà partir ! » s'écria Jacques.

Cette exclamation illumina d'un sourire la figure de mon grand-père. Il était fier de cet élève qui, à 5 heures et demie du soir, en chasse depuis l'aube, ne demandait qu'à marcher encore. Il se pencha vers lui :

« Écoutez, dit-il ; nous pouvons revenir par la Motte-du-Four. Le détour n'est pas long. Il y a là certains marouillers, et dans ces marouillers certaine bande de molletons... »

Le baron glissa quelques grains de gros plomb dans son fusil, et l'on revint en effet par les prés de la Motte-du-Four, coupés par endroits de petits marais. Mais les canards étaient aux champs, et les chiens ne levèrent rien dans les roseaux.

Le soleil baissait rapidement dans un ciel très pur. Quand il passa derrière la ligne de peupliers qui bordait

les prés, le feuillage de ces arbres changea de couleur :
léger, découpé, frissonnant, on eût dit la chevelure d'une
gerbe d'avoine mûre. Plus bas il y avait un rideau de
chênes. L'astre s'abîma dans cette forêt verte : quelques
lueurs d'incendie traversèrent encore les branches, puis
s'éteignirent. Dès qu'il eut disparu, une brume légère
estompa les coins des prés. On entendit le cri plaintif
des sourds. Les ramiers traversaient l'air à tire-d'ailes, le
poitrail doré par le couchant.

Bientôt Rosalie, qui guettait le retour des chasseurs
par la fenêtre à barreaux de fer de la cuisine, les aperçut
au détour du chemin.

« Les voilà, madame Giron ! cria-t-elle.

— Combien sont-ils ?

— Quatre, en comptant Baptiste.

— Trempe la soupe, et mets un couvert de plus. »

Mon grand-père, le baron, le comte et le garde
entrèrent, en effet, dans la cuisine, unique vestibule des
logis d'autrefois.

Au même moment, ma tante Giron sortit de la salle
voisine, et vint au-devant d'eux.

C'était une femme d'une quarantaine d'années, de
taille moyenne, forte, avec un visage plein et frais, aux
pommettes saillantes, aux yeux gris très fins et fermes,
s'animant, tout au fond, d'un reflet de tendresse quand
ils regardaient mon grand-père : un ensemble intrépide,
actif et franc.

« Ce n'est pas trop tôt rentrer ! dit-elle d'un ton
bourru, où l'on sentait plutôt l'habitude et le besoin de
grogner qu'une conviction véritable.

— Ne vous fâchez pas, ma sœur. Voyez : nous rapportons dix-huit perdreaux, deux lièvres, un lapin et un pigeon.

— J'aimerais mieux un pigeon de moins et un peu d'exactitude de plus, mon frère.

— Ma seule pièce! » interrompit le comte.

Ma tante Giron eut un sourire qui creusa deux petits trous dans ses joues :

« Vous dînez avec nous, monsieur Jules?

— Oui, madame Giron.

— Ah! dame, je n'ai pas à vous offrir des dîners comme vous en faites dans vos châteaux, vous autres, messieurs; c'est un dîner de campagne, et qui a attendu. Allons, dépêchez-vous. »

Et tandis que le garde, sifflant les chiens, allait les attacher dans la cour, et que les trois chasseurs suspendaient leurs fusils au râtelier de la cheminée, déposaient leurs carnassières, et cherchaient à rendre un peu de tenue à leurs nœuds de cravates, ma tante Giron rentra dans la salle à manger, qui attenait à la cuisine.

II

Ma tante Giron appartenait à cette bourgeoisie rurale qui tenait le milieu entre le paysan et le grand propriétaire, classe autrefois nombreuse, presque disparue aujourd'hui.

Avant la Révolution, la famille rurale qui parvenait à la fortune n'émigrait pas dans les villes. Elle demeurait dans le coin de la terre où elle avait lentement grandi, et conquis un rang supérieur dont elle était justement fière. Rapprochée des paysans par son origine, vivant au milieu d'eux et, jusqu'à un certain point, de la même vie, étroitement associée à leurs intérêts, elle rencontrait chez eux des sympathies naturelles aussi nombreuses que fortes.

Comme nos pères avaient raison de se fixer ainsi dans les lieux et parmi les hommes témoins de leur élévation! Ils appréciaient cette douceur d'être honorablement connus et de longue date dans un pays. Et vraiment il en est peu d'aussi grande. Tout le monde vous salue, vous accueille, vous tend la main. Les choses mêmes vous sont familières, et vous parlent. Pour être aimé,

vous n'avez presque rien à faire : vos aïeux ont fait le
reste. Leur vertu vous enveloppe, le nom qu'ils ont laissé
vous ennoblit aux yeux des générations présentes. Les
vieux vous disent :

« Ah! monsieur Jean, ou monsieur Paul, ou monsieur
Pierre, j'ai bien connu votre père. Quel bon homme
c'était, et secourable au pauvre monde et de bon conseil
aussi! Nous étions amis tous deux, et quand il passait
devant la maison, il ne manquait jamais de me dire :
Est-il permis d'entrer, père Choyot? et il entrait; et
moi je vous faisais danser sur mes genoux. Entrez
donc, monsieur Jean, ou monsieur Paul, ou monsieur
Pierre. »

La plupart de nos villages comptaient une ou deux
familles de cette bourgeoisie rurale. Les traditions de foi
étaient vivantes chez elles, l'hospitalité généreuse, l'autorité paternelle respectée. Les caractères s'étaient
dépouillés de la rudesse paysanne sans rien perdre de
l'humeur franche et hardie des ancêtres. Ce premier
degré de la bourgeoisie était un des éléments les plus
sains du peuple de France, et c'est à lui qu'on doit, en
partie, la préservation des campagnes contre tant
d'hérésies religieuses et politiques, dont les hautes
classes de la société étaient atteintes longtemps avant
que la Révolution éclatât. A la fin du siècle dernier,
elle fut presque toute dispersée et ruinée. La tourmente
passée, les conditions sociales n'étaient plus les mêmes;
les traditions étaient rompues : elle ne put se recons-
tituer. Une race d'honnêtes gens avait vécu.

Un des traits caractéristiques de cette classe, c'était

le sentiment très vif de sa dignité, l'amour de la campagne et de la vie laborieuse, abondante, considérée,
qu'elle y menait.

Ma tante Giron avait à un haut point cet amour-
propre rural, et plaisantait volontiers les gens de la ville.
Toute occasion lui était bonne pour les morigéner. Quand
nous venions la voir pendant les vacances, tout enfants,
et qu'il était l'heure de goûter :

« Les enfants, disait-elle, allez demander à Rosalie
une tartine de raisiné... On dit du raisiné par ici. Les
beaux messieurs de ville appellent ça autrement, n'est-ce
pas? »

Elle savait fort bien que non.

« Mais non, ma tante, répondions-nous en rougissant,
on dit aussi chez nous du raisiné.

— C'est bien étonnant, » reprenait-elle, et, haussant
la voix : « Allez, allez, les petits, et demandez à Rosalie
d'en mettre beaucoup sur votre pain. Tu entends,
Rosalie?

— Oui, madame. »

Rosalie entendait toujours, car sa maîtresse parlait
pour toute la maison, quelquefois même pour les environs, dans les jours d'orage.

Elle était si vive, ma tante Giron! Avec son curé,
ses parents, ses voisins, ses voisines, avec tout le monde
elle avait son franc parler, et rien ne l'eût empêchée,
quand l'envie lui en prenait, de dire à quelqu'un son fait.
Que de gens elle avait grognés dans sa vie! Toute la
paroisse y a passé.

C'était là vraiment son seul défaut : bonne, généreuse, dévouée, forte contre le mal et contre le malheur, elle avait la tête un peu trop près du bonnet.

L'expression peut s'appliquer rigoureusement à ma tante Giron, car elle portait des bonnets à grands tuyaux retombant jusque sur les épaules, bonnets en mousseline les jours ouvrables, de dentelle le dimanche, qui lui seyaient bien, — car elle avait été jolie, — et qu'elle ornait d'un ruban quand elle allait à la grand'messe, avec sa pointe de velours brodé et sa robe de soie puce à petits plis.

Ma tante Giron était née à la fin du siècle dernier, à Bouillé-Ménard, bourg craonais qui possède de beaux arbres, un vieux château et le souvenir d'un important commerce de toiles. Son père avait fait fortune dans ce commerce déjà exploité avec succès par le grand-père. Un jour, vers la vingtième année, M. Giron, un honnête homme, propriétaire fermier qui habitait Marans, était venu à Bouillé-Ménard demander la main de Marie. Le parti était de tous points convenable; de sorte que l'oncle Jean, chirurgien à Segré, ayant un peu grossi la dot, l'oncle Pierre, curé de la Chapelle, avait béni le mariage.

Ce fut une heureuse union que celle-là. M. Giron, en se mariant, avait loué cinq grandes fermes, et les faisait valoir. Grâce à son expérience, grâce surtout à l'activité et à l'intelligence de sa femme, qui s'entendait merveilleusement à régenter les bêtes et les gens d'une métairie, à vendre le grain au plus haut cours, se servir de tout, et qui ne s'épargnait point, l'entreprise prospéra.

Mais ce bonheur dura peu. M. Giron mourut. Il laissait une petite fille que ma tante aimait follement : car les orphelins ont ce privilège de tenir deux places dans le cœur des mères. Hélas ! un jour qu'elle la nour-

Chacun dit la sienne, invraisemblable et toujours authentique.

rissait, elle vit l'enfant pâlir, tressaillir et expirer sur sa poitrine en une minute : cette minute, elle la pleura toute sa vie.

Vaillante et habile comme elle l'était, ma tante Giron eût pu continuer longtemps encore à exploiter les domaines qu'administrait son mari. Elle le fit pendant

deux ans. Puis l'ennui la prit. A quoi bon gagner encore,
et pour qui? N'avait-elle pas assez pour vivre et pour
faire du bien autour d'elle? Lors donc que [les baux
furent arrivés à expiration, malgré les instances des propriétaires, elle ne consentit pas à les renouveler, vendit
ses charrues, congédia ses gens de ferme, et ne garda de
l'ancien train de vie que le logis où elle habitait, une
valoirie de quelques hectares, la coutume de se lever dès
l'aube, son franc parler avec tout le monde et l'amour
exclusif de la terre craonaise.

Le logis, d'ancienne construction, avec des toits irré-
guliers et des fenêtres de toutes les grandeurs percées
à toutes les hauteurs, donnait d'un côté sur la place de
l'église. La façade principale regardait le chemin des
Portes, qui conduit à Chazé. Une cour, plantée de fleurs,
l'en séparait seulement. Au delà de la cour, et suivant la
pente assez rapide de la route, il y avait une luzernière,
puis un pré, puis le ruisseau bordé d'aulnes. Si vous
ajoutez quelques champs remontant la côte sur l'autre
bord du ruisseau, une étable où trois vaches, les meilleures du pays, mangeaient à des crèches toujours
pleines, une écurie pour la jument rouge, un pigeonnier,
vous aurez une idée du domaine et de la valoirie de ma
tante Giron.

On entrait dans le logis par la cuisine, ornée de cas-
seroles de cuivre rouge ou jaune dont les tons éclatants
s'enlevaient sur des murs bruns de fumée. La cheminée
était immense. Le tablier s'avançait jusqu'au tiers de la
salle. D'ordinaire, un chien courant dormait à droite du
foyer; à gauche ronflait un chat. C'étaient là le royaume

et les sujets de Rosalie, une vieille maigre, proprette et
silencieuse, toujours en mouvement, toujours inquiète.
Personne n'a jamais tant fourbi, brossé, épousseté, que
Rosalie. A force de les laver, elle avait fini par user les
carreaux de sa cuisine.

Il est vrai que les visiteurs, qui devaient nécessairement traverser l'appartement, avaient un peu contribué
à ce dégât. C'étaient d'abord les pauvres que ma tante
Giron ne manquait pas d'assister, quand ils étaient du
pays ; puis les métayers, qui l'avaient en grande estime,
et la consultaient volontiers ; les curés des paroisses voisines, qu'elle réunisssait une fois l'an, en chapitre, autour
de sa table, ou plus souvent celui de Marans, l'incom-
parable abbé Courtois, dont la renommée, dès cette
époque, franchissait les limites du Craonais ; c'étaient
encore, de temps en temps, des voisins ou des parents
qui, ayant goûté une fois l'hospitalité du vieux logis,
aimaient à renouveler l'épreuve. Parmi ces derniers, mon
grand-père le greffier, qui avait épousé la sœur de ma
tante Giron, était l'hôte le plus assidu. Il venait surtout
dans la saison de la chasse, et ne connaissait pas de
meilleure fête qu'une journée passée à battre les trèfles,
et les champs de genêts en compagnie de son ami le
baron Jacques, avec la perspective d'un dîner, au retour,
chez celle qu'il appelait « ma sœur Marie ».

Le 1er septembre 1828, une de ces bonnes journées
finissait, un de ces bons dîners commençait.

Quand les trois chasseurs entrèrent dans la salle à
manger, depuis longtemps déjà la soupe fumait dans la
soupière. Le couvert était mis sur une nappe bien

blanche de toile à gros grains, fleurant l'iris. Une oie
rôtie, farcie de marrons et de pruneaux, des betteraves,
une tarte de Segré, mi-frangipane, mi-confiture, —
friandise archéologique dont nos neveux riront, bien à
tort, — des biscuits à l'anis et de beaux fruits du jardin
composaient le dîner. Il était servi dans des assiettes
octogonales en terre crème, à petits reliefs, qui seraient
introuvables aujourd'hui, et que ma tante Giron avait
achetées un prix modéré à un potier breton. Aucun luxe
d'aucune sorte n'était admis chez elle. L'ameublement
était simple comme le repas : un dressoir en cerisier, des
chaises, trois fauteuils de paille couverts de ces housses
rembourrées dont les générations nouvelles ignorent la
douceur, une horloge ayant un soleil pour balancier,
c'était tout. J'oublie cependant les gravures encadrées
de bois noir : le portrait du Christ; ceux de la sainte
Vierge, de saint Jean-Baptiste caressant un mouton, de
saint Sébastien percé de flèches; une allégorie représen-
tant le duc de Bordeaux enfant, couché dans son berceau, la France veille sur lui et trois soldats, figurant
l'armée, lui jurent fidélité, la main levée et la jambe en
avant, une lithographie de Chateaubriand sur un rocher,
et cette autre que vous vous rappelez peut-être, Marie
Stuart quittant la douce France : elle est debout dans le
bateau; un vieux gentilhomme, dans l'eau jusqu'à la ceinture, paraît lui offrir de la suivre à la nage; la reine,
indifférente, regarde un paquet de cordage roulé sur le
rivage, et les nuages ont l'air de montagnes.

La première ardeur de la faim apaisée, la conversation
s'engagea, et prit d'abord l'inévitable chemin de la chasse

du jour. Ma tante Giron, en fine maîtresse de maison
qu'elle était, sut en écouter le récit détaillé. Chacun
expliqua la raison de toute pièce manquée : un coup d'aile
imprévu, un arbre masquant la bête, le pied qui glisse,
l'arme qui fait long feu, la distance, une distance folle,
jamais la maladresse. Chacun s'étendit sur les coups heureux : la mort du lièvre prit des proportions épiques.

De la chasse du jour, on passa naturellement aux
aventures quelconques de chasse, et chacun dit la sienne,
invraisemblable, toujours authentique.

Mon grand-père raconta, — ce n'était pas, je crois
bien, la première fois, — les belles attaques au couteau
contre les sangliers, en plein hallier, dont il avait été
l'acteur ou le témoin, quand, avec son père, le vieux
camarade de Stofflet, il habitait encore Segré, et suivait
les chasses à courre des derniers veneurs de l'ancien
régime.

Jacques se souvint à propos d'une partie d'affût aux
canards, organisée un soir dans les roseaux d'une culée
d'étang. Les victimes se chiffraient par douzaines dans
son récit, et l'ombre des oiseaux qui arrivaient confiants
au bord de cet étang merveilleux, ou le quittaient effarés,
obscurcissait la terre et avançait la nuit.

Quand ce fut le tour du comte Jules :

« Moi, dit-il, j'aime la grosse bête. »

Son ami Jacques eut un sourire moqueur. Jules ne
s'en aperçut pas. Il continua :

« Je crois qu'elle m'aime aussi.

— Heureuses les amours partagées! murmura son
voisin.

3

— Oui, le chevreuil, le cerf, le loup, le sanglier, voilà mon gibier. Ces bêtes-là ne sont pas farouches avec moi. Elles sont familières, quelquefois même au point de me gêner. Tenez, un jour nous chassions au courant dans la forêt d'Ombrée. J'étais posté sur la lisière d'une taille, assis dans un fossé. Ma tête dépassait un peu la crête du talus, mais très peu. Les chiens lancent un brocart, et le mènent grand train. Il m'arrive par derrière. J'entendais son galop : patapa, patapa. Je ne bouge pas. Tout à coup deux pattes s'appuient sur ma tête, et la pressent vigoureusement. Une ombre passe au-dessus de moi. C'était le chevreuil, qui m'avait pris comme tremplin pour sauter le fossé. Heureusement, j'avais ma casquette de cuir !

— Vos histoires sont toujours invraisemblables, mon cher Jules, dit mon grand-père en riant.

— Je vous en raconterai bien d'autres dans quelques années : des chasses à l'ours, au bison, au renard bleu.

— Comment cela? »

Le jeune homme se leva à demi, et, d'un ton de bonne humeur un peu forcé :

« Mes amis, madame, dit-il, je vous annonce mon départ pour l'Amérique.

— Quelle plaisanterie ! fit ma tante Giron.

— Nullement. C'est chose décidée en conseil de famille, arrêtée dans les détails mêmes. Le 11 de ce mois, dans dix jours, je m'embarque, à Plymouth, sur le *Scotland*, qui me déposera sur les rives du Saint-Laurent, à Québec.

— Est-ce en qualité de mineur, mon cher, dit Jacques, ou de scieur de long, ou de brasseur de bière que tu vas aborder le nouveau monde?

— Non, mon ami, en qualité de planteur. Mon oncle de Mortaing, tu sais, ce vieux garçon aventureux, a fondé là-bas une colonie dont il est roi : trois mille hectares d'un seul tenant, cinquante nègres, vingt chevaux de selle. Il m'appelle pour recueillir l'héritage et me préparer au métier de grand propriétaire canadien. Un véritable rêve... Monsieur le vicomte de Chateaubriand, ajouta-t-il en se retournant et en s'inclinant du côté de la muraille où pendait le portrait de l'illustre écrivain, j'emporterai les *Natchez*.

— Vous avez tort, Jules, dit mon grand-père sérieusement, de quitter ce pays où votre famille est ancienne et considérée. Un héritage, si beau qu'il soit, ne vaut pas un tel sacrifice. Est-ce bien cette raison qui vous pousse? Je vous connais trop pour le croire. »

Le jeune homme, qui, jusque-là, avait soutenu sa réputation de joyeux compagnon, devint grave tout à coup. Quelque souvenir l'émut sans doute. Une larme mouilla le bord de ses paupières.

« Ma foi, ce n'est pas moi qui quitterai notre cher Craonais, dit Jacques, sans remarquer l'émotion que trahissait le visage de son ami. Depuis un an que j'y suis revenu, pas une heure d'ennui, pas un regret de Paris. »

Le comte le regarda, et, s'efforçant de sourire :

« Parbleu! dit-il.

— Que veux-tu dire? demanda Jacques.

— Tout simplement, mon cher, que ce pays a pour

toi des attraits qu'il ne peut avoir pour moi, de charmants voisinages par exemple.

— Tu veux parler de Mlle de Seigny ? La plaisanterie
tombe à faux, mon ami. J'ai pour cette aimable personne
les sentiments de tout le monde, estime, respect, admiration si tu veux : je n'en ai pas d'autres.

— Tans pis, monsieur Jacques, tant pis, interrompit
ma tante Giron. Au risque de vous contrarier je vous
dirai : Tant pis. Voilà une charmante fille, douce au
pauvre monde, pieuse comme les anges du paradis, et
jolie comme eux, par-dessus le marché...

— Oh ! madame Giron, quel feu !

— Je dis tout ce que je pense, vous le savez,
et comme je le pense. Eh bien ! m'est avis que si
M. Jacques de Lucé, ici présent, épousait Mlle Marthe,
ce serait le bonheur de tous deux et le bonheur de beaucoup d'autres encore dans la paroisse.

— Je vous remercie de la bonne opinion que vous
avez de nos vertus respectives, madame Giron ; mais
d'abord, vous oubliez que je suis au plus mal avec la
tante d'Houllins.

— Pour une bagatelle !

— La rupture n'en est pas moins complète. Observez,
je vous prie, cette aimable vieille, quand je la salue,
chaque dimanche, avec une persévérance méritoire, à
l'issue de la messe de Marans. Au lieu de me répondre,
elle redresse la tête et la rejette en arrière, ou bien elle
regarde, avec une attention marquée, du côté opposé.
Sont-ce là de gracieuses avances, d'engageants prélimi-
naires de... de ce que vous dites ?

— Tu oublies d'ajouter, mon cher, dit Jules, que
Mlle Marthe, en pareil cas, — je l'ai remarqué une fois,
mais ce doit être une habitude, — reste un peu en
arrière de sa tante, et répond, elle, à ton salut, par une
révérence qui n'a rien de désobligeant, je suppose, et
qui explique ta persévérance à saluer l'autre...

— Ah! ah! monsieur Jacques! dit ma tante Giron.

— Qu'est-ce que cela prouve? repartit vivement le
jeune homme. Jugez vous-même, madame Giron, si ce
n'est pas une cruauté que de me vouloir marier. Quelle a
été mon existence jusqu'à présent? J'ai à peine connu
mon père. Nous sommes restés, ma mère et moi, dans
le château de famille de la Basse-Rivière : elle triste,
moi enfant; elle vieillissant, moi grandissant. Je n'avais
pas treize ans quand elle est morte, elle aussi. Aussitôt,
mon tuteur m'enlève de la terre patrimoniale, sous prétexte qu'il faut à un gentilhomme une autre instruction
que celle qu'un vicaire de campagne peut donner. Il
m'interne au collège, à Paris. J'y entends sonner seize,
dix-sept, dix-huit ans. J'en sors bachelier, avide de
grand air et de liberté. Enfin je vais revoir la Basse-
Rivière? Non : M. d'Usselette me retient à Paris; il faut
compléter mes études, faire du droit, science indispen-
sable, paraît-il, pour administrer convenablement les dix
mille livres de rentes que m'ont léguées mes parents; il
faut voir le monde. J'obéis. Le monde que je vois met
obstacle aux études que je fais. Au bout de six ans,
j'obtiens de la lassitude des jurys d'examen mon diplôme
de licencié. Me voilà libre! Je rentre au pays. Il y a de
cela douze mois, madame Giron, et je me souviens que

mon cœur battait bien fort dans ma poitrine quand j'ai aperçu mes peupliers et mes girouettes rouillées. J'achète un cheval et des chiens; je retrouve Jules, un camarade d'enfance, votre beau-frère, un ami que ma mère aimait déjà; nous chassons ensemble dans un pays merveilleux; je cours les forêts voisines; je suis reçu dans les châteaux et dans les fermes avec des sourires de connaissance, que ma mère avait semés jadis par là, et qui fleurissent aujourd'hui pour moi; Francine me nourrit comme un jeune nabab; François commence à se faire à son triple métier de valet de chambre, de cocher et de piqueur; enfin tout est joyeux et accueillant autour de moi, tout me plaît; ma vie s'arrange à souhait; et vous voulez que je détruise tout cela, que j'introduise dans ma maison un élément nouveau, envahissant, que je vende Cab pour acheter deux percherons, que François disparaisse pour faire place à un groom en livrée, que je n'aie plus la liberté de mon temps ni de mon cœur! Allez, madame Giron, vous êtes mon ennemie. Il est trop tôt pour une pareille folie. Dans cinq ans d'ici, si je change d'avis, je vous en préviendrai.

— Là, là, là, comme vous plaidez, mon ami! s'écria mon grand-père. Je vous assure qu'au tribunal, où mon métier me condamne à entendre les plaidoiries des avocats débutants, vous feriez bonne figure. Ils ne parlent pas avec tant de feu ni de couleur. Vous leur ressemblez seulement en ce que, comme eux, c'est par une mauvaise cause que vous débutez.

— Laissez-le donc, mon frère, avec sa liberté! ajouta ma tante Giron. Il en sera bientôt embarrassé. Il viendra

nous trouver avec des airs longs comme d'ici Paris. Nous
le renverrons à Francine et à François, à son cheval
Cab et à ses forêts voisines. »

Puis elle changea brusquement de conversation,
comme elle le faisait toutes les fois qu'elle était con-
trariée.

Depuis quelque temps déjà le repas était terminé, et
les convives avaient écarté leurs chaises de la table sans
la quitter tout à fait. Au dehors, c'était la nuit. Le
village dormait. A peine si, à de longs intervalles, on
entendait le pas d'un homme qui montait le petit
chemin.

Bientôt les deux jeunes gens se levèrent, prirent
congé de leur hôtesse, et, chargés de plus de perdreaux
qu'ils n'en avaient rapportés de la chasse, sortirent du
logis. Quand ils eurent dépassé l'église :

« Reconduis-moi jusqu'à la Croix-Hodée, dit le
baron Jacques ; nous ne nous reverrons plus guère, mon
pauvre Jules !

— Volontiers. »

Ils prirent tous deux la route encaissée, bordée de
grosses souches, qui menait à Segré. Les talus, les haies,
les arbres, les enveloppaient d'une ombre épaisse. Parfois seulement, quand une barrière ouvrait une baie dans
ce mur sombre, ils apercevaient les champs couverts
d'une brume légère. Toutes les araignées qui tissent les
fils de la Vierge étaient à leur métier, ce soir-là, et la
besogne était avancée déjà, car les luzernes, les prés,
les chaumes, avaient sous la lune un scintillement
d'argent. La cime des peupliers se balançait lentement,

touchée par les hautes brises; mais les feuillages plus humbles dormaient, et la campagne entière était assoupie.

« Une belle nuit d'automne, dit le baron. Quand tu seras rendu, tu m'écriras si les nuits du Canada valent les nôtres, si on trouve là-bas des genêts et des madame Giron, comme ici.

— Non, mon ami, répondit Jules avec un accent de tristesse dont son compagnon fut étonné, je sais d'avance que tu n'auras rien à m'envier... Mon cher Jacques, ajouta-t-il après un moment, avant de partir pour long-temps, pour toujours peut-être, laisse-moi te dire, comme Mme Giron : Épouse Mlle de Seigny.

— Comment, toi aussi? Mais c'est un coup monté!

— Non, mon ami. J'ai essayé de rire pendant le dîner. L'heure n'y est plus. Je vais te quitter, et je te parle sérieusement, et le conseil que je te donne vient du plus profond de mon cœur. J'ai bien le droit de te le donner, va; car, — à quoi bon te le cacher? — j'ai pensé à elle.

— Eh bien, pourquoi n'y plus penser?

— Pourquoi? C'était un rêve impossible : mon père et ma mère, — tu les connais, — n'auraient jamais consenti à un mariage avec une jeune fille si peu riche, et puis...

— Et puis?

— Tu es arrivé au pays, plus brillant, plus séduisant que moi, qui suis un rural. J'ai vu tout de suite qu'elle te préférerait, que tu serais facilement son vainqueur et par conséquent le mien...

— Et c'est pour cela que tu pars?

« Mais c'est une folie, mon bon ami ! Ne pars pas... »

— Un peu. Je te la laisse. Dans ma pensée intime, c'est le bonheur que je te laisse. Tu pourrais ne pas l'apercevoir et passer à côté, Jacques, et je veux te l'indiquer aussi.

— Mais c'est une folie, mon bon ami! Ne pars pas. Ne fais pas un sacrifice que je ne t'ai pas demandé, que rien ne justifie, je te l'assure. Je ne pense pas à Mlle de Seigny, je ne pense même pas à me marier. Je t'en supplie, reste; j'irai demain trouver ton père, je lui dirai...

— Non, mon ami, répondit Jules en lui prenant la main et en se détournant pour dissimuler son émotion, plus un mot de tout cela. Je suis décidé. C'est pour moi un passé fini. Le vent d'aventures a soufflé sur ma vie, il m'emporte. Les amours de France sont pour d'autres... Adieu, Jacques... »

Le baron, troublé de cette confidence, de cette douleur dont il était la cause involontaire, et sentant venu le moment de la séparation, d'une séparation peut-être définitive, resta quelque temps sans parler, tenant serrée la main de son camarade d'enfance. Il avait compris que la résolution de Jules était sans appel. Il n'essaya pas de lutter.

« Adieu, dit-il enfin, adieu, brave cœur! »

Les deux jeunes gens, par un mouvement rapide, se dégagèrent l'un de l'autre, et, saluant la Croix-Hodée qui se dressait là, toute grise dans la nuit, prirent les deux chemins opposés.

Jacques de Lucé regagna lentement la Basse-Rivière, et monta dans sa chambre. Il était agité, triste, et maugréait en lui-même contre cette petite voisine qui intervenait brusquement dans sa vie. Mille pensées, mille souvenirs se pressaient en lui, le fatiguant de leur

nombre et de leur insistance. La singularité de sa posi-
tion l'étonnait : on fuyait parce qu'on désespérait de le
vaincre, et lui n'avait pas encore prétendu conquérir; on
avait créé pour lui de toutes pièces, en lui recommandant
de ne pas s'y soustraire, un bonheur auquel il n'aspirait
pas. Quelle étrange manie ont les gens de vous marier,
murmurait-il, et d'arranger votre existence à leur façon,
de régler ce que vous ferez et ce que vous ne ferez pas,
et, ce qui est plus insensé encore, de fonder leurs propres
projets sur de pareilles combinaisons, écloses dans leurs
cerveaux, pour le compte du prochain! Voilà ce pauvre
Jules parti, parti par jalousie!... Et pourquoi?... Cette
jeune fille... est ma voisine... une voisine comme une
autre, après tout... Non, il faut être juste; pas tout à
fait comme une autre. Elle est la plus proche, d'abord...
Elle est jolie aussi... Oui, elle est plus qu'agréable... On
la dit aimable, et je veux bien croire qu'elle l'est... La
famille est bonne... Mais, enfin, ce n'est pas une raison
parce qu'on a une voisine très proche, jolie, aimable et
bien née, pour l'épouser nécessairement, fatalement...
surtout quand on ne veut pas se marier.

La tyrannie d'une idée fixe est difficile à secouer.
Quand il en fut rendu à ce point de ses réflexions,
Jacques partit dans une nouvelle voie, et se demanda si
vraiment il ne voulait pas se marier. Ce fut la source de
raisonnements, d'objections, de réfutations, et d'hésita-
tions interminables. Il ne s'endormit qu'à 2 heures
du matin, brisé de fatigue, exaspéré contre les innocents
qui troublaient sa quiétude et, naturellement, sans avoir
trouvé la solution.

III

Il se réveilla tard et la tête lourde. A peine éveillé, les mêmes préoccupations recommencèrent à bourdonner autour de lui. Pour y échapper, pour se fuir lui-même, il songea que le meilleur moyen était d'aller voir quelqu'un. Mais qui? Il était bien tôt pour retourner chez ma tante Giron; d'ailleurs, il se souvenait vaguement qu'elle avait parlé d'une lessive, opération grave à la campagne et qu'il est du plus mauvais goût d'interrompre.

« Si j'allais faire visite à mon curé? pensait-il. Il est venu précisément, il y a huit jours, à la Basse-Rivière sans m'y trouver. »

Il siffla son chien, et partit dans la direction du bourg.

Le curé de Marans était alors l'abbé Courtois, le plus original des curés, célèbre à cinquante lieues autour de son presbytère pour ses excentricités, très connu de Dieu et de ses paroissiens pour ses vertus, et qui a laissé une légende considérable, variée, presque toujours drôle, émue parfois.

Tout jeune, à l'époque où il était encore vicaire à Candé, il s'était signalé à l'attention des hommes.

Un matin de marché, comme il passait sur la place,
un métayer, qui tenait un poulain par le licou, l'inter-
pelle.

« Où allez-vous donc si vite, monsieur l'abbé?

— Voir un malade pressé. Tu devrais bien me prêter
ton cheval.

— Ça ne serait pas de refus; mais je ne l'ai jamais
monté.

— Bah! prête toujours, je n'ai pas peur. »

Et le robuste vicaire saute sur le poulain qui, sitôt
lâché, prend le mors, ou plutôt le licol aux dents, part
au galop, traversant comme la foudre la place encombrée
de groupes d'hommes et de femmes, de brouettes, de
charrettes, de lots de moutons et de bœufs.

« Jésus, mon Dieu! criaient les bonnes femmes,
voilà le vicaire sans chapeau, à califourchon sur la pou-
liche au père Choyot! Elle va le tuer, pour sûr! »

Elle ne le tua pas, mais elle le jeta par terre. Dans
la chute, l'abbé se démit le pouce.

Il se releva aussitôt, et, au lieu de répondre aux questions des métayers accourus autour de lui :

« Allez me chercher une corde, dit-il, et pas trop
grosse. »

On la lui apporta. Il lia fortement le pouce démis,
puis il attacha l'extrémité de la corde derrière une charrette arrêtée sur la route.

« Trois gars pour me tenir, et tenez-moi bien. »

Trois solides laboureurs le prirent par les épaules et à
bras-le-corps.

« Hue! » cria-t-il.

Les chevaux tirèrent. Les hommes retinrent l'abbé.
On entendit l'os du doigt craquer.

« Ça y est, dit le vicaire; lâchez-moi à présent.
Merci, mes gars; mon pouce est remis. »

Ce fut là le point de départ de sa réputation. Elle
s'enrichit rapidement d'une foule de traits et de mots,
devint diocésaine, dépassa même les frontières de
l'Anjou, quand l'abbé eut été nommé à Marans. Le vicaire
de Candé était connu; le curé de Marans fut célèbre. Et
fidèle jusqu'au bout à son caractère exceptionnel, cet
homme, qui ne faisait ou ne disait rien comme un autre,
sut se faire aimer, respecter, regretter comme pas un. La
paroisse était bonne; elle atteignit la perfection humaine
sous sa rude direction. Encore aujourd'hui ses paroissiens lui font honneur.

Il fallait les voir, lui et eux, lui contre eux, les jours
de quête pour le séminaire! Mgr l'évêque disait souvent :
« Je n'ai guère de plus petite paroisse que Marans; je
n'en ai pas de plus aumônière. » Je le crois bien, mon-
seigneur! Mais avez-vous jamais su comment le curé s'y
prenait?

Il ne se contentait pas de recommander chaudement
la quête, du haut de la chaire, et de tendre ensuite son
plateau.

Il interpellait les uns et les autres, en passant dans
les rangs.

« Toi, la Jeanne, tu auras une moins belle coiffe à la
Toussaint qui vient : donne-moi une pièce blanche. —
Toi aussi, père Clopinaie; tu as bien le moyen; tu feras
une année de purgatoire de moins. — Allons, Moricet,

quatre pipes en terre pour le bon Dieu; ça fait quatre
sous que tu lui dois. — Voilà le bon coin, disait-il, en
quêtant ma tante Giron : les rouelles de pomme vont
tomber dru ».

Il appelait ainsi les pièces de cinq francs.

C'étaient toujours les mêmes mots plaisants et toujours le même succès. Tout le monde donnait, qui des
pièces blanches, qui des gros sous; la maigre caisse du
séminaire s'en trouvait bien, et personne ne s'en trouvait
plus mal, paraît-il, car à la fête suivante la Jeanne
portait sa coiffe nouvelle, le père Clopinaie avait toujours ses huit paires de bœufs à l'étable, Moricet n'avait
pas perdu une bouffée de sa pipe, et ma tante Giron
avançait toujours dans le plateau la grosse rouelle de
pomme.

L'abbé Courtois avait d'ailleurs pour principe et pour
coutume de dire publiquement tout ce qui lui semblait
utile de dire. Ses paroissiens étaient ses enfants. Il était
le père. Eh bien, il les grondait en famille. Quand un
scandale, petit ou grand, se produisait parmi ses ouailles,
— ce qui était rare, — ou dans le voisinage, quel
sermon le dimanche suivant, quelle volée de bois vert!
Le curé ne nommait pas le coupable, mais tout le monde
savait l'adresse. L'effet manquait rarement, et le cas ne
se renouvelait guère; car le discours était merveilleusement fait, dans le fond et dans la forme, pour atteindre
son but. L'abbé parlait à ses laboureurs dans une langue
voisine de la leur, avec une connaissance profonde des
mœurs et des choses rurales. Dans ses moindres ser-
mons, il y avait un grain d'observation et d'esprit.

« Bonjour, madame Giron, » dit le jeune homme.

Quelques-uns étaient de purs chefs-d'œuvre : celui
qu'il fulminait, par exemple, contre les foires en général
et contre celle de Candé en particulier. Il terminait ainsi :

« Et voilà la foire qui finit. Le soir approche. On
revient. Vous ramenez vos bêtes et vos enfants. Qu'est-
ce qui vous est le plus cher des deux ? Vos enfants ? Moi
je vous dis que non, ce sont vos bêtes, car vous en
prenez plus de soin. Vous savez bien ce qui se passe, en
effet. Le père s'en va, clopinant, sur la route, avec la
mère et la taure qu'on n'a point vendue. La fille reste
par derrière, toute seule. Elle s'en va doucement, le long
de la haie. De temps en temps elle s'arrête ; elle cueille
une pousse, et la mordille, puis elle tourne la tête, et dit
en roulant le coin de son tablier : *I n'vient point !* Mais
si ! il viendra, et le diable aussi, parents idiots, qui
veillez mieux sur le retour de vos bêtes que sur celui de
vos enfants ! »

Il veillait, lui, sur tous ses paroissiens et sur chacun.
Non content de bien conduire ceux qui venaient à lui, il
allait chercher ceux qui le fuyaient, il les suivait aux
champs, quand le temps pascal approchait, pour les
trouver seuls et leur parler librement. Et quand le grand
François, qui n'était pas des meilleurs, la faucille sur
l'épaule, fermait la barrière de son champ de luzerne, le
curé apparaissait tout à coup de l'autre côté, et lui disait :

« François, viens te confesser, ton salut le veut !

— Monsieur le curé, c'est de la surprise, » répondait
le grand François.

Mais il se confessait tout de même, quelquefois en
pleine luzerne, à l'ombre d'un pommier.

Et voilà pourquoi ce curé si rude, si riche en étrangetés de toute sorte, héros d'aventures invraisemblables, qu'on rencontrait par les chemins sans chapeau ni rabat, qui jouait de la guimbarde après dîner, et fumait la pipe comme un recteur breton, était vénéré, et l'était justement dans sa paroisse. Ceux qui vivaient près de lui riaient quelquefois, et admiraient plus souvent. Ils savaient que cet homme, sévère pour les autres, était dur pour lui-même ; ils savaient qu'il se nourrissait de soupe froide et de lait caillé, pour pouvoir donner aux pauvres plus de pain blanc et de vin ; ils avaient pu compter pour lui, qui ne comptait pas, les nuits passées au chevet des mourants ; si ses soutanes avaient des trous aux épaules, ils ne s'en scandalisaient pas, l'ayant maintes fois rencontré l'hiver, à la brume, chargé d'un fagot de bois qu'il portait dans quelque taudis éloigné ; à toute heure, en toute circonstance, ils l'avaient trouvé prêt et dévoué : ils l'aimaient.

Le baron de Lucé n'avait pas tardé à partager cette sympathie générale, et, depuis un an qu'il habitait le pays, il ne se passait guère de semaine sans qu'il allât frapper à la porte du presbytère.

En traversant la place, il aperçut ma tante Giron, qui éparait la lessive dans le jardin. Elle étendait sur des cordes le linge blanc que Rosalie apportait de la rivière, et le vent se chargeait du reste, un petit vent du sud bien séchant, qui faisait onduler les draps, et gonflait les chemises comme des outres.

« Bonjour, madame Giron, » dit le jeune homme.

Elle tourna la tête.

« Bonjour, monsieur Jacques. Vous ne venez pas me voir, je suppose?

— Non, non, je vais chez M. le curé.

— Vous avez bien raison. Allez donc le voir. Il a mieux le temps de vous écouter que moi.

— Je sais, madame Giron, tous les égards dus aux lessives, et je me sauve. »

Le baron entra en riant dans la cour du presbytère. Il allait loqueter la porte, quand elle s'ouvrit. L'abbé Courtois parut.

« C'est vous, mon enfant, qu'y a-t-il pour votre service?

— Je venais vous voir, monsieur le curé, et causer avec vous en bon voisin. A propos, savez-vous que nous en perdons un, tous les deux?

— M. Jules? oui, il y a longtemps que je le savais. C'est une grande perte, puisque c'est perdre un honnête homme... Dites-moi, monsieur Jacques, vous m'accompagnerez bien?

— Vous sortez?

— Je vais à la Cerisaie, où l'on me demande.

— A la Cerisaie! Quelqu'un de malade?

— Qui vous a dit cela? Je ne pense pas. Au fait, je n'en sais rien. Tenez, ce n'est pas un secret. Voici le billet que je viens de recevoir par une petite de l'école :

« Mademoiselle d'Houllins, ne pouvant quitter la Cerisaie, serait très obligée à monsieur le curé de Marans de venir l'y trouver cette après-midi. »

— Ce n'est pas une formule de malade, cela. Enfin, allons-y voir. Vous venez?

— Jusqu'aux frontières, » répondit le baron.

L'abbé Courtois avait pris sa grosse canne de buis,
dont la poignée figurait un levrier courant, et, chose
rare, son chapeau. Seulement, comme il eût fallu saluer
à chaque pas en traversant le bourg, il tenait son large
feutre à la main, répondant d'un signe de tête et d'un
mot à tous les bonjours jeunes ou vieux qui partaient du
seuil des portes, où les enfants jouaient, et des fenêtres
basses, où les aïeules filaient.

Quand la dernière maison fut dépassée, il posa son
chapeau sur sa tête, un peu en arrière.

« Un joli temps de saison, » dit-il.

Son compagnon, qui cherchait depuis quelques
minutes à deviner le sens de cette lettre apportée de la
Cerisaie, répondit, en suivant sa pensée :

« Peut-être est-ce Mlle de Seigny qui est malade,
monsieur le curé? »

L'abbé s'arrêta : un gros rire épanouit sa face taillée
à grands coups d'ébauchoir par le sculpteur céleste, et,
regardant le jeune homme :

« Cette jeunesse malade, si saine et si forte, allons
donc! Vous le seriez plus vite qu'elle avec votre mine
maigre de Parisien. Si vous l'aviez vue, avant-hier, comme
je l'ai vue, galoper dans les prés sur sa jument grise, vous
n'auriez pas cette idée-là. Mlle Marthe est du pays : elle
est rustique comme une fermière; de santé, s'entend,
car pour l'esprit, elle en remonterait à son curé.

— Vous la flattez, monsieur l'abbé.

— Vous ne la connaissez donc pas? Je sais ce que je
dis : à dix lieues à la ronde, dans les châteaux du Craonais, on en trouverait de plus riche, et facilement, mais

de plus honnête et de plus gaie et de plus vaillante,
nenni, c'est moi qui vous le dis. Aussi l'affaire pour
laquelle sa tante m'a écrit, c'est, je crois, tout simplement... »

A ce moment, une bécassine partit devant eux, avec
un cri de frayeur, et glissa, comme un trait de lumière
blanche, dans l'ombre du chemin vert.

« Il faut prendre la voyette, dit le curé, voici un
mollet. »

L'orage de l'avant-veille avait, en effet, amené trois
pouces d'eau au carrefour, et les dos même des ornières,
piétinés par les bœufs, n'offraient pas de chaussée prati-
cable.

En deux enjambées, s'aidant des basses branches qui
pendaient, l'abbé fut dans le champ voisin.

« A vous! » dit-il, en tendant la main à son compagnon.

Soutenu par le robuste poignet du curé, le jeune
homme escalada lestement le talus.

Ils se trouvèrent dans un pré long et étroit, au milieu
duquel un fossé rempli d'acanthes et de joncs servait,
dans la mauvaise saison, de déversoir à l'étang du
chemin.

A trente pas d'eux, près du petit échalier, au bout
de la voyette, un homme, courbé vers la terre, examinait
l'herbe attentivement. Il avait à la main une bêche légère
et sur le dos une sorte de panier attaché en bandoulière
et plein d'objets menus, noirs, luisants au soleil.

« Tiens! le grand Luneau, dit l'abbé.

— Le taupier?

— Oui, un bon gars, trop fainéant pour faire autre chose. »

A leur approche, Sosthène Luneau se redressa lentement, se détourna de même. Quand il aperçut le curé, sa figure songeuse prit une expression amicale et embarrassée à la fois.

« Eh bien, Sosthène, dit l'abbé Courtois, tu cherches la grande route de la taupe, sous la barrière?

— Oui, monsieur le curé; vous connaissez donc les secrets des taupiers.

— Je sais tout, et je vois tout, même que tu as l'air achalé. Est-ce le chaud qui te fatigue, ou le métier qui ne va pas?

— Non, monsieur le curé, ni le chaud ni la taupe. Vous voyez, le bissac est plein.

— Tu as quelque chose tout de même qui te tourmente. Tu viendras me conter ça demain, à la veillée. »

Le taupier ne répondit pas, et les deux promeneurs, enjambant l'échalier, s'éloignèrent par la voyette qui côtoyait le chemin.

« Ce qu'il a, le pauvre garçon? dit Jacques. On m'a raconté qu'il avait demandé la petite Annette, de la Gerbellière, et qu'elle ne se pressait guère de lui répondre. »

La figure du curé s'était soudain rembrunie.

« Vous devriez avoir pitié de lui, monsieur le curé, continua le jeune homme, et l'aider. Un mot de vous lui ferait gagner sa cause.

— Il a le temps de prendre bien des cents de taupes et bien des mille aussi, répondit rudement l'abbé, avant que ce mariage ne se fasse. Ne vous en mêlez jamais. »

Il continua de marcher quelques instants, visiblement

« Eh bien, Sosthène, tu cherches la taupe ? »

contrarié, frappant du bout de sa canne les mottes que la charrue avait jetées dans le sentier.

Puis, reprenant sa bonne humeur :

« Tenez, monsieur Jacques, j'allais vous le dire quand le passage du talus m'a coupé le verbe : c'est pour une affaire de ce genre-là, j'imagine, que je suis appelé à la Cerisaie. Mlle Marthe a vingt ans, et la tante, qui n'est plus jeune, veut la marier. »

Une vive rougeur monta aux joues du baron Jacques. Il tourna la tête du côté du chemin, aimant mieux montrer aux souches qu'à son curé, qui l'observait malignement du coin de l'œil, cette petite illumination. Il était furieux contre lui-même.

« Je suis absurde de rougir ainsi, pensait-il ; et pourquoi ? Parce que ma voisine se marie ! Qu'est-ce que cela peut me faire ? »

Il répondit d'un ton d'indifférence :

« Vraiment ? Ce serait une grosse nouvelle pour Marans. J'espère que je ne serai pas le dernier à connaître l'heureux mortel qui deviendra seigneur de la Cerisaie et de la Gerbellière. »

L'abbé haussa les épaules, et causa d'autre chose.

Ils tournèrent à droite, traversèrent une longue pièce de chaume. Près de la haie, le curé s'arrêta.

« Nous sommes aux limites du domaine, dit-il. Venez-vous plus loin ?

— Vous savez bien, monsieur le curé, que le passage sur les terres de Mlle de Seigny m'est interdit.

— Bah ! bah ! de l'histoire ancienne. Enfin comme vous voudrez. Au revoir, monsieur Jacques. »

Et il lui serrait la main dans les siennes, comme s'il eût voulu, en lui disant au revoir, le retenir encore. Il se pinçait les lèvres, et ses grosses épaules remuaient. Évidemment quelque idée lui trottait dans l'esprit. En pareil cas, le curé ne se taisait jamais longtemps.

« Ma foi, tant pis! dit-il en éclatant. Je vais vous le dire comme je le pense : si vous laissez un autre l'épouser, mon cher ami, sauf votre respect, vous n'êtes qu'une bête.

— Grand merci! répondit le jeune homme, un peu piqué, malgré la pratique qu'il avait des formes pastorales de l'abbé Courtois.

— Si votre mère était encore de ce monde, répliqua l'abbé, je n'aurais pas eu besoin de vous dire cela : il y a longtemps que ça serait fait...

— A revoir, Annette, à demain! » chanta une petite voix claire, devant eux, sous les grands arbres qui entouraient la ferme de la Gerbellière.

Le curé monta sur le talus, écarta les épines avec sa canne, et aperçut Mlle de Seigny près de la barrière de la métairie, de l'autre côté du chemin. Quand elle eut embrassé Annette, sa sœur de lait et son amie, elle prit le chemin qui, à cent mètres de là, tournait autour de la Cerisaie. Elle allait passer devant l'endroit où s'était arrêté l'abbé, quand celui-ci se laissa glisser le long du talus, plongea au fond du fossé et se redressa à trois pas d'elle.

Surprise, elle se rejeta un peu en arrière, puis reconnaissant le curé :

« Bonjour, monsieur le curé, dit-elle. Un peu plus

vous m'auriez fait peur. Comme toujours vous arrivez à
travers champs!

— C'est que la route est toujours mauvaise, mademoiselle Marthe. Nous l'avons quittée au carrefour du
Tremble. »

A ce pluriel, la jeune fille leva la tête. Elle jeta un
coup d'œil sur la haie, et découvrit, entre deux souches,
le baron de Lucé, qui la salua, un peu troublé.

Elle passa, légère et vêtue de noir.

« Mon enfant, dit le curé, de qui portez-vous le
deuil? »

Ils étaient déjà loin.

La réponse se perdit sous les branches.

IV

C'était une aimable fille, Mlle Marthe de Seigny, rose, vive, vaillante de corps et d'âme, point coquette, bien que jolie, et toujours prête à rire. Il ne faut pas s'inquiéter de ceux qui savent rire : ce sont ceux qui pleurent le mieux quand il le faut. Quand elle passait, le matin, dans les allées humides de la Cerisaie, alerte, avec ses petits sabots claquants, ses cheveux blonds frisant sous son chapeau de paille et sa mine de primevère heureuse d'éclore, on cherchait involontairement le griffon noir ou jaune dont Fragonard accompagne le portrait de ses marquises adolescentes. Elle avait tout à fait ce type qui séduisit le peintre des derniers sourires de l'ancien régime; à tel point que le vieil oncle Onésime, — un Auvergnat pourtant, — étant venu, du fond de sa province, voir sa nièce qu'il ne connaissait pas, s'écria en l'apercevant :

« Un Fragonard, sur mon honneur, un pur Fragonard! »

Marthe n'y comprit rien. Seulement, quand l'oncle fut parti, ce qui ne tarda guère, elle donna ce nom de

Fragonard, qui l'avait frappée, à un jeune chat qui venait de naître.

Il y avait de cela plusieurs années. Depuis lors, l'enfant était devenue jeune fille, le chat paresseux et superbe, et la tante d'Houllins, qui surveillait l'un et l'autre avec un soin inquiet et querelleur, avait pris quelques rides de plus, ce qui eût semblé invraisemblable à ceux qui la connaissaient depuis vingt ans.

Marthe de Seigny était orpheline. Son père, allié d'un côté aux meilleures familles de l'Auvergne et, par sa mère, à plusieurs maisons d'Anjou et du Poitou, avait, avant la Révolution, pris du service dans la marine royale. Son vaisseau faisait campagne dans la mer des Indes lorsque les premières têtes roulèrent sur le pavé de Paris. Il continua sa croisière, prêt à donner sa démission dès qu'on lui enverrait un ordre, dès qu'on lui demanderait un serment contraire à l'honneur ou à sa foi de chrétien. Il ne reçut ni ordre ni demande de cette sorte, et, passant d'un vaisseau sur un autre, demeura hors d'Europe pendant toute la Révolution.

En 1805, seulement, il débarqua à Rochefort. Il se rendit immédiatement à Paris, et offrit sa démission.

L'Empereur le fit venir.

« Vous voulez quitter le service, monsieur ?

— Oui, sire.

— Vous avez servi la Révolution, et vous refusez de servir l'Empire ?

— La Révolution ne m'a rien demandé ; l'Empereur me demande un serment contraire à ceux que j'ai faits aux Bourbons.

— J'ai besoin de bons officiers, monsieur, et de gentilshommes.

— Faites-en, sire. »

« Vous refusez de servir l'Empire? »

Napoléon le regarda, étonné de cette hardiesse. Un éclair de colère passa dans ses yeux. Puis, vaincu par ce grand cœur d'un simple officier, il répondit :

« Vous savez, comme moi, qu'on n'en fait pas de

5

comme vous en un jour, monsieur. Vous êtes lieutenant
de vaisseau?

— Oui, sire.

— Je vous fais capitaine de frégate. Si vous refusez,
je vous fais conduire à la frontière. Choisissez.

— Alors, sire, je me rembarque. »

Trois semaines plus tard, le capitaine de frégate
baron de Seigny quittait Toulon pour les Antilles.

Deux années encore, il tint la mer. Cette nouvelle
campagne terminée, il revint, et, cette fois, pour tout à
fait.

A peine sa démission acceptée, il courut au village
natal; ses parents étaient morts, et la petite terre patrimoniale criblée d'hypothèques. La première chose que fit
M. de Seigny fut de vendre la terre et de payer les
dettes; la seconde, de s'informer si son camarade
d'enfance, Onésime d'Houllins, vivait encore.

Il le retrouva en Bresse, non plus tel que ses souvenirs le lui représentaient, à vingt-cinq ans de distance,
impétueux, batailleur, plein d'un dévouement chevale-
resque pour la reine Marie-Antoinette en qui il person-
nifiait la France, alors que tous deux, terminant leurs
études au collège de Clermont, échangeaient leurs rêves
d'avenir; mais presque ruiné de santé, sceptique en religion, révolutionnaire en politique, vivant, pour une
grande part, du produit de spéculations, sur la nature
desquelles il ne s'expliquait pas, dans son château de
Montrevel. La désillusion fut profonde de ce côté et
douloureuse pour M. de Seigny. Il resta pourtant à
Montrevel.

Onésime d'Houllins avait deux sœurs, l'une à peu près de son âge, l'autre beaucoup plus jeune, nature d'élite, supérieurement douée d'intelligence et de grâce, en qui toute la sève de la race s'était portée. Le voyageur vit Geneviève d'Houllins, et l'aima. Pour l'obtenir, il dut promettre d'habiter la petite terre familiale. Il promit d'essayer. L'amour l'y engageait et aussi le reste de sympathie qu'il conservait, malgré tout, pour son ancien camarade. Nos pauvres illusions humaines, et c'est une grâce de Dieu, quand elles font naufrage, tentent toujours de se sauver sur un radeau. Il se flattait donc qu'à force de prudence et de courtoisie, les causes de dissentiment ne produiraient pas leur effet entre Onésime et lui; qu'ils pourraient cheminer côte à côte sans se heurter, et qu'un jour peut-être, vaincu par la vie heureuse qu'ils lui feraient, Geneviève et lui, ce vieil ami reviendrait aux traditions de sa famille et de son enfance.

Tous les jours, et malgré les cruels démentis que la réalité leur infligeait, M. et Mme de Seigny s'étudiaient, en âmes délicates et scrupuleuses du bien, à écarter de leurs paroles ou de leurs actes tout prétexte de froissement.

Ils avaient malheureusement affaire à une de ces natures entêtées et maussades, qui acceptent tous les sacrifices sans en être touchées, déserts de sable qui boivent toute l'eau qu'on leur donne sans rendre un brin d'herbe. La situation devint rapidement intolérable. Mme de Seigny fut la première à reconnaître qu'il fallait quitter Montrevel. Mais le chagrin qu'elle ressentit de

cette séparation et des causes qui l'avaient amenée porta
à sa frêle santé un coup fatal. Le baron de Seigny acheta
alors, d'un de ses parents éloignés, la terre de la
Cerisaie, sur les limites de la paroisse de Marans. La
jeune femme y parut à peine. Moins d'un an après son
arrivée dans le Craonais elle mourait, en donnant le
jour à une petite fille. C'était au printemps de 1808.

Resté veuf, M. de Seigny fut admirable de résigna-
tion et de dignité. Un souvenir cruel et doux l'attachait
désormais à ce domaine où elle avait vécu les derniers
mois de sa vie. Il continua d'y mener la même existence
simple et entourée. Pas une de ses relations ne fut
brisée. Il demeura pour tous le gentilhomme accueillant
et de hautes manières qu'il avait toujours été. Seulement
sa taille si ferme de marin se voûta, et le pli plus
profond de ses sourcils accusa la souffrance qu'il taisait.
Bientôt il eût à s'occuper de l'éducation de sa fille. Il s'y
donna passionnément, et nul n'aurait pu voir sans être
attendri cet homme encore jeune, blanc déjà, contempler
avec un long sourire triste l'enfant qui jouait devant lui
dans les prairies de la Cerisaie, refaire avec elle les pro-
menades que la jeune mère avait faites, lui montrer les
sites qu'elle préférait, les gens qu'elle avait connus et qui
pouvaient parler d'elle, poursuivant sans cesse, dans la
formation de cette jeune et vive nature, l'image idéalisée
par la mort de celle qu'il avait aimée.

Une autre cause, d'ailleurs, attachait M. de Seigny
au coin de la terre où la Providence l'avait amené. Une
affinité profonde s'était révélée, dès le premier jour,
entre lui et cette population si saine et si forte qui

l'entourait; le temps l'avait accrue, et quand il mourut, seize ans plus tard, on eût pu croire, aux regrets qu'il laissait, que la famille était vieille de plusieurs siècles dans la reconnaissance du pays.

Toutes les pensées se tournèrent alors vers la jeune orpheline de la Cerisaie. Qu'allait-elle devenir? Ses parents de Montrevel la rappelleraient sans doute auprès d'eux. On la plaignait; déjà le bruit courait que l'oncle d'Houllins était arrivé à Segré en poste, quand les hommes de loi découvrirent, dans les papiers de M. de Seigny, un testament. La volonté expresse du père était que sa fille ne retournât jamais en Bresse : « Dût-elle vivre seule à la Cerisaie, disait-il, sous la garde de Dieu, à qui je la confie, je veux qu'elle demeure, jusqu'à son mariage ou son entrée en religion, dans ce domaine où sa mère et moi avons trouvé si bon accueil. »

En présence de cet ordre formel, Onésime d'Houllins, nommé tuteur par le conseil de famille, dut céder. Mais il déclara que, de son côté, il ne quitterait pas Montrevel, même un jour, pour s'occuper de sa pupille ou de ses biens.

Ce fut Mlle Ursule d'Houllins, l'aînée d'Onésime et de la baronne de Seigny, qui vint habiter près de sa nièce. Elle s'y décida, poussée par son frère et d'assez mauvais gré; car elle appartenait à cette espèce de gens qui n'ont jamais l'air d'accepter les sacrifices qu'ils font, et auxquels on serait tenté d'en vouloir quand ils remplissent un devoir, tant ils y mettent de méchante humeur.

Cette laide petite personne, aigrie par la longue négligence du sort à la doter d'un mari, n'était pas un

chaperon bien plaisant pour Mlle de Seigny. Marthe lui
fut néanmoins reconnaissante, l'entoura d'affection et de
prévenances, et supporta gaiement les giboulées qui, de
temps à autre, traversaient son mois de mai !

Le monde, moins indulgent, s'écarta peu à peu, après
la mort de M. de Seigny. Quelques proches voisins restèrent seuls fidèles à la nièce en dépit de la tante, et le
château, — si l'on peut appeler ainsi la vieille maison
carrée que flanquait un pavillon surélevé d'un étage, —
reprit graduellement cet air de solitude et de demi-aban-
don qu'il avait un instant perdu. Les allées qui traversaient les prés, en partant du perron, se rétrécirent,
envahies par la lente marée de l'herbe. Les massifs de
fleurs les plus éloignés disparurent, sans qu'il y eût
d'ordre positif à leur égard. Des pigeons à huppe rempla-
cèrent les paons favoris du baron, et la mauve qui,
depuis quinze ans, cherchait à reprendre possession de la
cour, derrière le logis, son ancien domaine, s'y maintint
bientôt à force de persévérance, et s'éleva de toutes les
fentes de pierre, superbe, en touffes arborescentes, pour
le plus grand bonheur des canards dont elle abritait le
sommeil, et des poules qui, dans ses fleurs, piquaient les
abeilles gourmandes.

Marthe et Mlle d'Houllins vivaient là, simplement.

Le matin, Marthe sortait de bonne heure. La messe,
presque tous les jours, à la paroisse, éloignée d'un bon
quart de lieue et dont le clocher pointait dans les arbres,
puis une visite à quelque ferme voisine, un coup d'œil à
la valoirie qu'elle dirigeait en réalité et que la tante
d'Houllins semonçait seulement, l'organisation et la sur-

veillance des cultures potagères confiées au garde-jardi-
nier Séjourné, dit Bubusse, plus souvent encore une
course à cheval ou à pied dans les chemins verts, la rete-
naient une partie de la matinée hors du logis, mais jamais
plus tard que midi : car, au douzième coup sonnant,
. Mlle d'Houllins, droite en face de la soupe fumante, disait
inexorablement le bénédicité, et si Marthe n'arrivait pas
avant la fin, il y avait giboulée.

Après midi, les deux femmes travaillaient à la cou-
ture ou lisaient dans le salon, la vieille assise dans une
bergère et la jeune sur un tabouret. Que de points de
tapisserie ou de broderie pendant ces longues heures ! Le
plus souvent, pas une trêve à cette monotonie, pas un
coup d'orage qui obligeât à courir fermer les fenêtres,
pas un bruit insolite autour des larges fenêtres lavées
par la pluie d'hiver ou chauffées par les soleils d'été.
Quelquefois seulement, — trop rarement à son gré, —
Marthe, en relevant sa tête alourdie, apercevait au gué
du ruisseau quelque robe d'amazone. Un éclat de rire
traversait le pré. C'était une voisine à cheval qui venait
faire visite. Ou bien, du côté de la cuisine, une bonne
voix connue s'informait de la santé des habitants de la
Cerisaie. C'était ma tante Giron, qui arrivait à pied, et,
avant d'entrer au salon, enlevait les épingles de sa cotte
de Damas, qu'elle avait relevée pour enjamber les échaliers.

Par une de ces après-midi laborieuses et silencieuses,
le 10 septembre, un an avant l'époque où commence ce
récit, Marthe avait reçu, après douze ans d'absence, son
jeune voisin le baron Jacques de Lucé.

Elle savait qu'il était de retour de Paris depuis huit
jours. Comment ne l'eût-elle pas su? Tout le monde
causait de lui. Elle savait qu'il était grand, élancé avec
une figure fine, des yeux bleus et une légère barbe
blonde qu'il taillait en pointe, à la Henri IV. Elle savait
encore qu'il avait été faire une visite à M. le curé, et que
ces deux hommes si dissemblables, le gentilhomme frais
échappé de la capitale et le plus rural des desservants,
au bout d'une heure, s'étaient quittés bons amis. On lui
avait même raconté, sans qu'elle le demandât probable-
ment, qu'il aimait la chasse et qu'on l'avait déjà vu courir
dans les champs de genêts, en compagnie d'un épagneul
noir et feu, qui avait le bout du museau blanc.

Elle était donc assise à sa place accoutumée, en face
de la fenêtre, appliquée à coudre une frange à de grands
rideaux jaunes destinés à orner la troisième chambre de
réserve. — Il est à remarquer que les deux premières
n'avaient servi qu'une fois. — Mlle d'Houllins venait de
sortir, appelée au dehors par la femme de basse-cour.
Le soleil dardait en plein sur les prés; les feuilles des
arbres pendaient le long des branches, et toute la nature
était endormie par la chaleur. Dans l'appartement,
malgré l'épaisseur des murs, l'ardeur du jour se faisait
sentir. On n'entendait que le ronron de Fragonard pelo-
tonné sur un coussin, le bruit sec de l'aiguille perçant
l'étoffe et le bourdonnement d'une guêpe qui grimpait le
long des vitres. La tête de la jeune fille se penchait, à
petites chutes, vers son épaule, et ses yeux se fermaient.
Une somnolence mollement combattue allait l'entraîner
au sommeil, et déjà le grand rideau jaune avait com-

mencé de glisser à terre, lorsqu'un coup de fusil retentit
à quelque distance de la Cerisaie.

Elle se leva, courut à la fenêtre, et ne vit rien que
le soleil brûlant la campagne.

« Ma tante ne va pas être contente, pensa-t-elle, car
ce coup de fusil a sûrement été tiré sur la Cerisaie. Elle
qui est si jalouse de la chasse ! Et pourtant, — cette
idée la fit rire, — ma tante d'Houllins ne chasse
pas ! »

Après une minute elle revint au milieu de l'appartement, et, avant de se rasseoir, tourna encore les yeux
du côté des prés. Le sourire qui s'éteignait lentement sur
son visage cessa subitement. Elle passa les mains sur ses
tempes pour relever quelques folles mèches de cheveux,
et demeura debout, rouge comme un œillet sauvage,
absorbée dans la contemplation d'un spectacle évidemment extraordinaire.

Elle avait aperçu, en effet, se dirigeant vers le château, deux hommes, dont l'un était Bubusse, le garde,
et l'autre... l'autre, il était impossible de s'y tromper :

« C'est bien cela, se dit-elle, grand, blond, barbe
pointue, un costume de chasse en velours vert et le
chien noir et feu... »

Ils s'approchaient rapidement, et semblaient, Bubusse
surtout, fort animés. Le garde tenait à la main un objet
roux, qu'il agitait de temps à autre avec des gestes de
fureur. Bientôt la jeune fille entendit le son de leurs
voix. Évidemment il y avait querelle entre eux. Mais le
jeune homme prenait la chose en riant, tandis que le
garde était tragique.

Notre voisin s'est fait prendre à la chasse, et Bubusse l'amène, pensa-t-elle.

L'émotion, la surprise, lui avaient fait absolument oublier qu'elle était seule au salon, et que Bubusse, ignorant cette circonstance et croyant y trouver Mlle d'Houllins, allait, d'un instant à l'autre, apparaître avec sa capture. Le bruit de gros souliers ferrés battant les dalles du corridor la rappela au sentiment de la réalité. Il était trop tard pour quitter l'appartement : il n'y avait plus qu'à faire bonne contenance. Marthe se tint debout, occupée à plier le rideau jaune, près de la cheminée.

Elle n'attendit pas longtemps. La porte s'ouvrit brusquement, et Bubusse entra, les deux bras tendus. Dans une main il avait sa casquette de garde, dans l'autre un énorme lièvre qu'il tenait par les oreilles.

« Monsieur est de bonne prise, dit-il avec véhémence; il se trouvait avec son fusil et son chien dans la pièce...

— Taisez-vous, mon ami, interrompit le baron, qui était entré derrière le garde, et s'avançait vers Marthe. Tout à l'heure. Laissez-moi me présenter à mademoiselle. »

Et pendant que le bonhomme, confondu de cet aplomb de sa capture, se mettait au port d'armes, les deux jeunes gens se regardaient avec une curiosité un peu émue, chacun cherchant à retrouver dans l'autre les traits de l'enfant qu'il avait connu.

« Mademoiselle, continua Jacques, j'espérais avoir l'honneur de me présenter libre devant vous. J'arrive à la

Cerisaie en prisonnier. Vous devinez mon crime, et vous voyez la victime entre les mains de Bubusse. Quand je l'ai tirée, j'ignorais complètement que j'étais aussi près du château, — il y a si longtemps que j'ai quitté le pays ! — et j'ai été tout confus quand votre garde me l'a appris.

— Le garde de ma tante, monsieur.

— De Mlle d'Houllins ?

— Oui, c'est elle qui fait garder la Cerisaie. Elle vient de sortir, et ne doit pas être loin. Bubusse, allez la chercher. Veuillez donc vous asseoir, monsieur, vous devez être las, car la chaleur est grande, aujourd'hui. »

Elle s'assit sur le canapé rouge. Le baron prit une chaise en face d'elle.

Il y eut un silence. Marthe le rompit la première.

« Je suis bien fâchée pour vous, monsieur, de ce contretemps.

— Et pourquoi, mademoiselle ? Ma chasse se trouve coupée en deux très agréablement, je vous assure. Car je ne suppose pas que mon délit puisse avoir d'autre consé-quence que d'avancer l'heure de ma présentation à la Cerisaie ? Mlle d'Houllins voudra bien seulement excuser le négligé de ma tenue. Je ne comptais venir ici que dans deux jours.

— J'espère bien, en effet, que ma tante, dit Marthe embarrassée, je suis même persuadée...

— Est-ce que mademoiselle votre tante serait jalouse de la chasse ? »

La jeune fille hocha la tête, et répondit, avec un soupir et un air grave qui firent sourire Jacques :

« Oui, monsieur.

— Et quel traitement inflige-t-elle aux voisins qui tombent dans ses mains?

\ — Oh! monsieur, aucun..., c'est-à-dire : vous êtes la première prise de Bubusse. »

Elle se mit à rire en disant cela.

Ce passage subit du grave au gai, qui dénotait tant de jeunesse et de naturel chez Mlle de Seigny, enchanta le baron Jacques, qui ne put s'empêcher de le montrer.

« J'espère bien alors ne pas commencer une jurisprudence, répondit-il. Nous sommes si proches voisins, vous et moi, et si j'osais, je dirais : si vieux amis! Tenez, quand vous avez ri tout à l'heure, je vous ai revue toute petite fille, un jour qu'on cueillait des cerises à la Gerbellière.

— Vraiment?

— Annette vous avait fait une couronne avec un brin d'osier et des cerises doubles, et vous dansiez en riant sous l'arbre, et les cerises dansaient aussi sur vos cheveux blonds.

— Oui, oui, je me souviens, et vous êtes venu...

— Par le chemin, avec ma mère, et vous vous êtes cachée.

— C'est bien cela, dit Marthe; voyez, monsieur, comme c'est loin déjà, j'avais presque oublié... »

A ce moment Mlle d'Houllins entra précipitamment, essoufflée, la face enluminée des couleurs de la course et d'une violente indignation. Le baron s'inclina. L'ombre du garde s'allongea sur les dalles par la porte entre-bâillée.

« M. le baron de Lucé, ma tante.

— Heureux, mademoiselle, de...

— Je sais, je sais, interrompit la vieille fille, monsieur est arrivé depuis huit jours.

— Oui, mademoiselle. Je comptais me présenter à vous, dans d'autres circonstances. Je n'ai pas encore fait de visites.

— Excepté au curé et à mon gibier. Je sais, monsieur, je sais. Vous pouvez vous retirer; votre affaire suivra son cours. »

Jacques, voyant qu'il ne gagnerait rien à s'expliquer devant cette pie-grièche, se retira et gagna la porte. En passant près de Bubusse, il lui glissa un louis dans la main, et dit, assez haut pour être entendu :

« En souvenir de votre première prise, mon ami, vous voudrez bien remettre à ces dames, de ma part, le lièvre que j'ai tué sur leurs terres. »

Quand il fut dehors, il se mit à rire pendant plusieurs minutes, sans pouvoir s'arrêter, de cette étrange présentation. Puis ce rire finit mélancoliquement, comme tant d'autres.

Pauvre petite! pensa-t-il.

Il rentra à la Basse-Rivière.

L'affaire suivit son cours, comme l'avait annoncé Mᴵˡᵉ d'Houllins. Jacques, traduit en justice, n'y parut même pas, et fut condamné.

On en causa beaucoup dans le pays.

La Cerisaie et la Basse-Rivière avaient rompu depuis lors.

V

Quinze jours après le dîner chez ma tante Giron, vers midi, le baron Jacques était assis dans le jardin qui entoure la Basse-Rivière et tout près de la haie vive qui sépare le jardin des grandes prairies.

Il dessinait. D'après nature? Non, de souvenir. Son crayon courait, léger et rapide, sur la page de carton blanc fixé sur un petit chevalet devant lui. Il semblait prendre plaisir à voir l'ébauche s'avancer.

Le dessin représentait un salon vaste et peu meublé. Au premier plan, un jeune homme s'inclinait devant une vieille dame qui semblait fort animée et maussade; plus loin, une jeune fille détournait un peu la tête, évidemment confuse des choses désagréables que la vieille dame disait au jeune homme; tout au fond, un chat se frottait le long d'une chaise, et la tête d'un domestique apparaissait par la porte entre-bâillée.

La vieille dame était enlaidie avec intention : elle avait une barbe masculine, un nez pointu, des yeux de fée en colère. Son interlocuteur, élégant, souriant, incliné à la dernière mode, était sans doute flatté : d'où

l'on pouvait induire que l'auteur s'était lui-même mis en
scène.

Peu à peu l'ardeur de l'artiste se ralentit : il faisait
chaud. Des massifs de résédas et de pétunias en fleur
s'envolaient des bouffées de parfums qui portaient au
sommeil. La girouette était à l'ancre dans l'atmosphère
immobile. Pas un oiseau ne chantait. Le chien noir et feu,
allongé à terre, la tête sur ses pattes, faisait des rêves.

Le jeune homme se renversa sur sa chaise, admira
un instant l'heureux effet de son dessin à distance, puis,
satisfait, s'endormit.

Il dormait depuis une heure, quand une masse noire
sauta par-dessus la haie, et le curé de Marans, la sou-
tane retroussée, sans rabat, avec son bâton de buis à la
main, se trouva debout, à trois pas du chevalet.

Le jeune homme ne s'éveilla pas. Le curé se pencha
pour voir le dessin, et rit silencieusement. Il s'approcha,
prit le crayon, inscrivit au bas le nom des personnages :
Jacques, Mlle d'Houllins, Mlle de Seigny, Bubusse. Puis,
satisfait, lui aussi, de son œuvre, il dit, de sa grosse
voix qui faisait trembler les enfants de chœur :

« C'est tout à fait ressemblant, tout à fait ! »

Le baron, brusquement tiré du sommeil, se leva,
aperçut le curé, puis le dessin avec les additions. Il se
mit à rougir, comme un écolier pris en faute.

« Une pochade d'atelier, dit-il.

— Dites donc un souvenir local, repartit le curé en
s'éloignant de deux pas et en clignant les yeux pour
mieux juger. La tante surtout est supérieurement
attrapée. Mlle Marthe n'est pas mal non plus.

— Eh bien, monsieur le curé, demanda Jacques à brûle-pourpoint, elle se marie?

Le jeune homme s'endormit.

— Ça m'a l'air de vous être bien égal, car vous dormiez comme un loir. D'ailleurs, c'est votre affaire, et ce n'est pas la mienne. Non, elle ne se marie pas. Elle part...

— Elle quitte le pays?

6

— Pas pour toujours, dit le curé, qui s'arrêta, éprouvant un malin plaisir à ne satisfaire qu'à petits coups la curiosité du jeune homme.

— Est-ce pour longtemps? Va-t-elle loin?

— Ni loin, ni pour longtemps.

— Si c'est un secret, vous pouvez ne pas me répondre, monsieur le curé.

— Non, non, ce n'est pas un secret, sans quoi je n'aurais pas commencé à vous en parler. Mlle d'Houllins me faisait venir pour me dire que son frère, M. Oné-sime, est mort.

— Ce vieux grigou qui vivait en Bresse, ce pataud?

— Il est bien mort, dit sévèrement le curé; ce n'est plus un grigou ni un pataud, c'est un chrétien pardonné. Donc il est mort. La tante d'Houllins part en Bresse pour s'occuper des affaires de la succession.

— Et elle emmène Mlle Marthe?

— Non, la jeune demoiselle va passer quinze jours à Pouancé, chez la tante d'Annette, vous savez, — non, vous ne savez pas, — l'ancienne domestique de Mme Giron, qui est lingère là-bas.

— Pauvre petite, l'abandonner ainsi!

— Vous la plaignez? Elle est ravie de son sort et des quinze jours de liberté qu'elle aura. Demain matin, pendant que la tante trottera sur la route d'Angers, afin d'aller prendre la diligence de Paris...

— Je voudrais voir ce spectacle, murmura le baron.

— La nièce, continua le curé, partira pour Pouancé. Mais, assez causé comme cela. Je cours voir la mère Gisèle, qui n'est pas bien. Je voulais seulement vous dire bonjour en passant. Reprenez votre somme où votre dessin. »

Et, sans permettre au jeune homme de le reconduire, prétextant son bréviaire en retard, l'abbé Courtois repassa la haie, cette fois par le clan qui ouvrait sur la prairie, et s'éloigna à grands pas, le long de la rivière, lisant ses psaumes à haute voix.

Et de temps en temps les bouviers, entendant ce murmure, arrêtaient leur attelage de labour, et regardaient par-dessus les buissons. Lui, les saluait de la tête, et continuait sa marche à grands pas et sa lecture à haute voix.

IV

Mlle d'Houllins venait de partir à cheval pour Angers, accompagnée de Bubusse. Dans la cour de la Cerisaie stationnait un véhicule qui n'est plus guère employé pour les voyages : une charrette couverte de ses toiles tendues sur les cerceaux, attelée de quatre bœufs superbes, immobiles sous l'aiguillon du père Gerbellière. Par l'ouverture des toiles on apercevait deux têtes de jeunes filles : l'une mutine et vive, c'était Marthe ; l'autre pâle et souriante, mais d'un sourire voilé, c'était Annette. La cuisinière de Mlle d'Houllins et la mère Gerbellière trottinaient, affairées, de la maison à la voiture.

« Vous avez oublié votre châle, mademoiselle Marthe. Mademoiselle qui a tant recommandé que vous l'emportiez !

— Donnez-moi aussi la petite caisse de confitures, répondait la jeune fille, et le panier de raisin, dans l'office.

— Tu as bien ta caisse de coiffes, Annette ?

— Oui, maman, au fond, avec le gros coffre. »

Et les petits paquets s'ajoutaient aux gros, à l'arrière

de la charrette. Un gars de ferme, qui avait été soldat,
les arrimait avec une ficelle. Il y en avait beaucoup, qui
s'élevaient en pyramide jusqu'à toucher la voûte : bagages
d'Annette, bagages de Marthe et aussi des commissions
dont les gens du bourg ou des métairies voisines avaient
chargé les voyageuses pour leurs parents ou leurs amis
de Pouancé. Ce départ était une occasion précieuse.
Chacun en avait profité. Il y avait sous la bâche une oie
et trois poulets; un sac de grains de semence; une pièce
de toile filée à la main, cadeau d'une marraine du bourg
à son filleul de Pouancé; plusieurs mannequins de fruits,
sans compter une couple de ramiers que Sosthène
Luneau, qui était un peu braconnier aux heures où la
tauperie chômait, avait offerte à Annette, soi-disant pour
sa tante mais en réalité pour elle-même. Une douzaine
de personnes entouraient la charrette, et quand le père
Gerbellière, assis sur le timon, sept heures sonnant au
bourg de Vern, cria, pour faire partir ses bœufs : « Caïl-
lard, Rougeaud, Mortagne et Cholet! » de tous côtés
partirent des : « A revoir, mademoiselle Marthe. —
A revoir, Annette. — N'oubliez pas mes commissions
pour la tante Francine! — Veillez sur mon oie! — Ne
manquez pas de vous arrêter à la *Tête noire*, père Gerbellière, pour donner de nos nouvelles. — Bon voyage!
— Adieu! »

L'attelage s'ébranla; la charrette, criant sur ses
essieux, s'engagea dans le chemin couvert. Marthe était
radieuse de partir, et cette joie paraissait dans ses yeux,
sur ses joues plus roses que de coutume : car la mort
de son oncle d'Houllins, qu'elle n'avait jamais vu qu'une

fois, ne pouvait être pour elle une cause de deuil intime. Elle occupait avec Annette l'espace resté libre entre le siège du conducteur et les bagages entassés à l'arrière de la charrette. Mlle d'Houllins y avait fait mettre deux chaises pour les voyageuses. Mais Marthe ne restait point assise. Elle allait et venait dans les quatre pas de longueur de cette chambre ambulante, mettait la tête à la fenêtre ronde que formait la bâche à l'avant, disait un mot au père Gerbellière, remettait en place un panier que les cahots avaient déplacé, et riait du roulis continuel qui balançait la charrette, dont à chaque instant une roue plongeait dans l'ornière, tandis que l'autre était soulevée par une saillie pierreuse du chemin. Annette, au contraire, grave, un peu triste, songeait, les deux mains appuyées sur les genoux. De temps à autre, elle soulevait le côté de la bâche et cherchait à voir, dès que la route montait, une petite fumée bleue s'élevant parmi les arbres : la fumée de la Gerbellière.

Annette était une de ces filles de campagne, maladives, pâles et minces, qui sont peu faites pour les travaux des champs, et qui, d'ordinaire, apprennent de bonne heure un état d'ouvrière. Elle avait aidé sa mère, tant que sa sœur Marie avait été jeune, dans les soins de la ferme, traire les vaches, coupé le vesceau, soigné la basse-cour, pétri le pain de la famille, et fait sa part dans les rudes journées de la moisson. Mais, sa sœur grandissant, elle avait obtenu d'entrer en apprentissage chez maîtresse Guimier, une des lingères du bourg. Depuis plus d'un an elle courait les fermes de la paroisse, debout dès cinq heures, ne revenant qu'à la

nuit, ne gagnant guère, la pauvre enfant, que le dîner et
le souper qu'elle prenait dans les métairies, assise tout
au bout de la table, auprès des métiviers, selon l'usage
et selon l'ordre immémorial. Elle était devenue fort
adroite dans son métier : nulle ne s'entendait mieux
qu'elle à empeser un col de grosse toile ou à plisser la
dentelle fine d'un bonnet de fête. Elle cousait aussi fort
bien, et savait plus d'un secret du tricot. Maîtresse Guimier lui avait donc dit, un soir, comme elles s'en reve-
naient de la closerie de Chanteloup :

« Si tu veux me rester comme ouvrière, la petite, je
te donnerai cinq sous par jour avec la nourriture. »

Annette avait secoué la tête.

« C'est pourtant avantageux ce que je t'offre là, et je
ne l'ai point offert à toutes mes apprenties, il s'en faut.
Tu sais que je suis la maîtresse lingère la plus occupée
du bourg. Avec moi, tu es sûre de ne jamais manquer
de travail. »

Annette avait continué de secouer la tête.

« Eh bien, je te donnerai sept sous par jour. Tu ne
le diras à personne, au moins. C'est convenu?

— Non, maîtresse Guimier, je vous remercie; il faut
que je vous quitte. »

La lingère, très dépitée de perdre une aussi bonne
ouvrière et redoutant une concurrence prochaine, avait
parlé au curé, en lui demandant d'intervenir pour mettre
à la raison cette jeune ambitieuse. Maîtresse Guimier
avait été extrêmement étonnée d'entendre le curé lui
répondre, d'un air très sérieux, qu'il ne prenait point
sans sérieuse raison :

« Il ne faut pas la tourmenter davantage, maîtresse
Guimier. Faites vos affaires, et laissez-la aux siennes. »

La charrette était enlizée à quelques mètres du bord de la mare.

Depuis lors Annette passait, parmi les commères du
bourg, pour une personne qui cachait son jeu, une fille
qui « avait des idées ».

Elle avait une idée, en effet : c'était de quitter la

paroisse et d'aller à Pouancé, un gros bourg, presque une ville, afin de s'y perfectionner dans son métier, sous la direction de sa tante Francine, lingère de renom. Ce voyage, elle l'avait longuement désiré; le père s'était longtemps fait prier avant de donner son consentement, et pourtant elle parait triste.

Après avoir fait vingt tours dans sa cage, l'oiseau s'était posé, Marthe s'était assise.

« C'est drôle les mauvais chemins, dit-elle.

— Vous trouvez, mademoiselle? répondit Annette.

— Mais oui, je me figure être sur la mer. La voile blanche, c'est la bâche; les hauts et les bas du chemin sont les vagues, et ton père est le timonier. Je voudrais un naufrage.

— Pas moi, mademoiselle. Voilà qu'il est 7 heures et demie. Nous ne serons pas avant 10 heures à Segré. Le temps de nous rendre à Pouancé, il sera nuit quand nous arriverons chez ma tante. Jugez ce que se serait si nous étions retardés par un accident.

— Cette bonne Francine, je suis heureuse de la revoir. Elle va me prendre encore pour une enfant, et me gâter comme elle faisait chez Mme Giron.

— Bien sûr, mademoiselle, tout ce qu'il y aura de bon dans la maison sera pour vous. Elle et mes deux cousines vont être à nous guetter depuis midi, je pense.

— Elles sont gentilles comme toi, tes cousines et ta tante, ma chère Annette. Dis-moi : sais-tu si nos chambres seront voisines?

— Certainement, mademoiselle, ma tante n'en a

qu'une à donner, qui touche à celle où je coucherai avec
mes cousines.

— Au moins elle est quelquefois occupée, celle-là.
Ma tante à moi en a trois meublées où personne ne
vient jamais. Alors, demain matin, Annette, que ferons-
nous?

— J'irai à la messe au couvent.

— Il y a un couvent à Pouancé?

— Oui, avec une chapelle.

— C'est une ville. J'irai avec toi. Tiens! voilà la
maison du charron. Nous sommes à Marans. »

Les voyageuses s'arrêtèrent à peine : le temps seulement pour le père Gerbellière de boire une chopine de
vin blanc et d'ajouter aux bagages deux ou trois paquets
que des femmes vinrent lui remettre.

Au delà du bourg, le chemin devenait plus étroit
encore et plus mauvais. Les cahots étaient formidables;
Caillard, Rougeaud, Mortagne et Cholet soufflaient, et
tiraient à rompre le timon pour arracher la charrette à la
boue épaisse des ornières.

Près de la Croix-Hodée, au carrefour, il y avait une
mare large et longue. Le père Gerbellière laissa reposer
son attelage avant de s'engager dans ce mollet. Les
bœufs, ne sentant plus l'aiguillon, levèrent leurs naseaux
fumants vers les haies, et commencèrent à prendre un
picotin de chèvrefeuille, tandis que le métayer, pour la
première fois, se retournait, et passait la tête par l'ouverture de la bâche.

« Eh bien, les demoiselles, dit-il, voilà un mauvais
pas.

— Vous en avez traversé d'autres, métayer, dit
Marthe.

—. Pas beaucoup d'aussi mauvais, notre demoiselle.
L'eau qui a tombé ces jours, par les vents de galerne, a
bien gâté le chemin. Allons quand même. »

Il lança une note aiguë : houp ! et les bœufs, arra-
chant une dernière pousse aux haies, enfoncèrent leurs
pieds fourchus dans la mare. Les roues entrèrent presque
jusqu'au moyeu, firent trois tours, puis demeurèrent
immobiles. Le vieux Gerbellière, debout sur le timon,
comme le Neptune antique guidant ses chevaux marins,
cria, piqua, fit claquer son fouet; les animaux s'écartèrent, piétinèrent sur le bord des talus, mais n'avan-
cèrent pas d'un pouce. La charrette était enlizée, à
quelques mètres seulement de l'autre bord de la mare.

« Moi qui demandais une aventure, dit Marthe en
riant, en voilà une. »

Ni Annette ni le père Gerbellière ne riaient. Ce dernier, appuyé sur son aiguillon, songea un instant, puis il
dit :

« Faut trouver de l'aide. La Basse-Rivière n'est pas
loin, j'y vas. Toi, la fille, garde les bêtes; qu'elles ne
boivent pas trop. C'est mauvais pour elles, la canetille
d'eau. »

Il avait saisi les branches d'une souche, et allait, d'une
enjambée de ses longues jambes, passer de la charrette
sur le talus du chemin, quand, à cent mètres devant,
apparut, arrivant au petit galop de son cheval, le baron
de Lucé. Le jeune homme, au moment de tourner par
un sentier à sa droite, aperçut la voiture en détresse.

« Eh! le métayer, vous baignez vos bœufs?

— Nenni, monsieur Jacques, nous sommes enlizés.

— Tiens, c'est vous, Gerbellière? Tout va bien chez vous?

— Oui, monsieur Jacques; mais c'est ici que ça ne va pas bien. J'ai là deux jeunesses..

— Qui voudraient bien ne pas rester dans cette mare, ajouta du fond de la bâche une petite voix que le baron connaissait.

— Comment! mademoiselle de Seigny dans cette voiture?

— Moi-même, mon voisin, dit la jeune fille en paraissant. Nous sommes partis il y a une heure pour aller à Pouancé, et nous voilà déjà arrêtés.

— Pas pour longtemps, notre demoiselle, interrompit le père Gerbellière. N'est-ce pas, monsieur Jacques, qu'on ne nous refusera pas une jument de renfort à la Basse-Rivière? Ça suffira pour nous tirer de là.

— Restez, restez, Gerbellière, ce n'est pas la peine d'aller si loin. Attendez-moi. »

Il fit volter son cheval, rebroussa chemin pendant quelques mètres, et s'arrêta face à la haie de droite, assez basse en cet endroit.

« Hop! » fit-il.

Le cheval s'enleva presque debout, et sauta dans le champ.

« O mon Dieu, s'écria Mlle de Seigny, il va se tuer! »

Un instant après, cheval et cavalier repassaient de

la même manière du champ dans le chemin. Le baron
Jacques portait, suspendu au bras, un de ces colliers de
trait à crinière de laine bleue qui servent aux chevaux
de labour.

« Voici l'instrument de sauvetage, dit-il en s'approchant de la charrette.

— Quelle imprudence vous avez faite, monsieur ! dit
Marthe ; le chemin est si étroit pour sauter : je vous ai
cru mort.

— Vous voyez bien que non, mademoiselle. D'ailleurs, l'occasion était bonne, et je n'aurais rien
regretté, » ajouta-t-il en s'inclinant.

Il y avait sûrement quelque chose de risible dans
cette galanterie, débitée par un jeune homme ayant au
bras un collier de labour, à une jeune fille montée sur
une charrette à bœufs, au milieu d'une mare de boue.
Mais elle ne trouva rien de risible, bien au contraire,
dans la réponse du baron, et, regardant au fond de la
voiture :

« Il est aimable, Annette, ce jeune homme. Ma tante
d'Houllins le juge mal. Elle ne le connaît pas. »

Elle se retourna.

« Que faites-vous, monsieur ? Vous allez…

— Eh bien, oui, mademoiselle, ce sera plus tôt fait.
Cab tire aussi bien que la grosse Julie de mon fermier. »

Il était descendu, avait passé le collier de labour au
cou de son pur sang, stupéfait ou sans doute indigné de
ce traitement, était remonté en selle, et, les deux traits
dans la main droite, faisait de la gauche, entrer son

cheval à reculons dans la mare. La noble bête, sentant
le sol manquer sous ses pieds, cherchait à se dérober.
Mais, habilement et fortement maintenue, elle fut contrainte de reculer jusqu'auprès des premiers bœufs de
l'attelage. Alors, se détournant sur sa selle, le jeune
homme accrocha les deux traits à la boucle de fer qui
terminait le timon, et cria :

« Y êtes-vous, Gerbellière ?

— Oui, monsieur Jacques.

— En avant ! »

Un concert d'apostrophes s'éleva dans l'air.

« Hop ! Cab, hop ! faisait le jeune homme.

— Rougeaud, Caillard, hou, hou ! Mortagne et
Cholet, les valets, hou, hou ! » criait le père Gerbellière, enfonçant son aiguillon dans le cuir fauve de ses
animaux.

Le pur sang bondit ; les bœufs, baissant la tête jusqu'au niveau de l'eau, raidirent leurs jarrets dans un
effort colossal. La charrette, ébranlée, pencha à droite,
à gauche, avança un peu, s'enfonça de nouveau comme
un navire qui sombre, puis, arrachée à la boue, remonta
au grand pas la pente verte du chemin.

Quand on fut en terrain plat, on s'arrêta, et le vieux
métayer alla s'assurer que les courroies des jougs
n'avaient pas cédé, tandis que le baron, mettant pied à
terre, débarrassait Cab de son collier de labour. Marthe
le regarda. Dans quel état, grand Dieu étaient cheval et
cavalier ! De l'élégant costume du jeune homme, la mare
n'avait rien épargné : les bottes vernies et la culotte de
peau de daim étaient revêtues d'un enduit brun, semé de

plaques de canetille verte; la selle ruisselait; l'habit bleu
était maculé de taches; Cab avait la jambe et la moitié
du corps couleur chocolat. Et ce n'était point, hélas!
tout le dommage. Au premier pas qu'il lui fit faire,
Jacques s'aperçut que son cheval boitait très bas. Ce fut
une vraie douleur. Cab si joli, si bien habitué aux goûts
de son maître, Cab boiteux, pour toujours, sans doute!

Le jeune homme chercha à dissimuler la vive contra-
riété qu'il éprouvait, et dit gaiement :

« Vous voilà tirée d'une bien mauvaise fondrière,
mademoiselle. »

Mais la jeune fille avait remarqué l'allure irrégulière
du cheval et, si vite qu'il eût été réprimé, le mouvement
de dépit du jeune homme. Elle sauta sur l'herbe, et vint
à lui.

« Ah! monsieur, dit-elle, cette jolie bête s'est donné
un effort. Quel malheur!

— C'est la première fois que nous opérons un sauvetage, Cab et moi. Une autre fois nous ferons mieux.

— Je ne me pardonnerai jamais de vous l'avoir laissé
atteler.

— Ne regrettez rien, mademoiselle; car, ce que j'ai
été heureux de faire pour vous, je l'aurais fait pour Gerbellière, qui est un de mes vieux amis.

— Voilà qui est parler, répondit Marthe, en regardant le jeune homme avec une expression de fierté
naïve : exposer Cab pour tirer d'un mauvais pas sa voisine, c'est d'un galant homme; mais l'exposer pour un
métayer, c'est d'un homme de cœur : mon père aurait
fait comme vous, monsieur.

Elle tendit sa main gantée au jeune homme.

Elle tendit sa main gantée au jeune homme, qui la baisa.

« Je raconterai cette petite aventure à ma tante, ajouta-t-elle très bas. Elle s'est montrée un peu... vive à votre égard. Mais elle est très bonne, et sera certainement très reconnaissante du service que vous avez rendu à sa nièce. »

Marthe remonta dans la charrette. Le baron de Lucé s'inclina, et, tirant par la bride son pauvre cheval qui n'allait que sur trois jambes, prit un sentier qui conduisait à la Basse-Rivière.

Deux heures après, il rencontrait ma tante Giron, et lui racontait les événements de la journée.

« Elle est fort bien cette jeune fille, comme vous m'avez fait l'honneur de me l'apprendre, madame Giron; mais je n'ai pas de chance dans mes entrevues avec elle : la première m'a coûté un procès; la seconde, un cheval pur sang.

— Il faut continuer, monsieur Jacques, répondit ma tante Giron, et si le bonheur ne vous coûte pas davantage, c'est que vous serez né coiffé. »

VII

Le voyage d'Annette et de Marthe s'acheva sans
nouvel incident. A 10 heures [elles montaient, au pas
traînant des bœufs, la petite côte de l'Oudon et entraient
à Segré.

On y laissa la charrette ; car la route était carrossable
de Segré à Pouancé, et Mlle d'Houllins, huit jours
d'avance, avait retenu, pour cette seconde partie du
trajet, une berline et deux postiers avec leur postillon.
L'arrêt fut un peu long, par la faute du père Gerbellière,
qui était allé « faire un tour dans la ville » avec l'intention, dissimulée sous cette vague formule, de renouveler
connaissance avec tous les amis qu'il y comptait, et de
leur apprendre qu'il se rendait chez sa sœur Francine.

On repartit donc un peu tard, et la nuit commençait
à tomber quand la berline approcha de Pouancé, le bourg
le plus arrosé de l'Anjou, pour qui les Grecs, s'ils
l'avaient connu, eussent tiré de l'écrin quelque bel adjec-
tif signifiant : « où l'eau abonde. » Des collines sans
nom qui l'avoisinent, que de sources descendent qui ont
de jolis noms : la Ceriselaie, les Soucis, les Écrevisses,

ou encore les Senonnettes et la Boire d'Anjou, affluents
de Sémelon, sans parler de l'Araize et de la Verzée, de
vraies rivières, qui sont reines dans ce peuple de ruis-
selets! Comme tout cela chante dans les prés, et comme
les prés sont verts!

La berline s'arrêta tout au commencement du bourg,
et tandis que le postillon, aidé de Gerbellière, dételait
les chevaux et déchargeait les bagages, les deux jeunes
filles prirent les devants, et montèrent chez Francine.

A droite et à gauche des rues sombres, les résines
s'allumaient dans les arrière-boutique, mettant une
lueur tremblante aux fenêtres des maisons. Annette, qui
était venue une fois voir sa marraine, se souvenait
vaguement de la route.

« Par ici, je crois bien, disait-elle; par là, m'est
avis; à droite, à présent. »

Avec deux ou trois renseignements demandés aux
passants, la petite paysanne arriva droit au but.

Chez la marraine, il y avait huit jours qu'on travaillait plusieurs heures après la journée faite pour bien
recevoir « mademoiselle Marthe ». Francine et ses deux
filles s'étaient torturé l'esprit pour deviner les goûts de la
jeune châtelaine. Jamais on n'aurait de linge assez blanc
ni assez fin; jamais on ne pourrait trouver chez les voisines de confitures assez bonnes, ni chez le boulanger de
tourtes assez dorées pour cette hôtesse dont l'arrivée
mettait en révolution le paisible logis de la maîtresse lingère. Non, certes, depuis dix ans qu'elle était établie sur
la paroisse de la Madeleine de Pouancé, jamais la grosse
Francine n'avait eu dans une même semaine tant de

projets, si peu de sommeil, tant d'impatience mêlée à
tant d'appréhension.

Elle était debout sur le seuil de sa porte, dont elle
occupait la largeur; ses deux filles, attentives au moindre
bruit, se tenaient derrière elle, quand Annette et Marthe,
glissant dans l'ombre, apparurent tout à coup près du
logis. Maîtresse Francine sauta plutôt qu'elle ne descendit
les deux marches en saillie devant sa maison, et serra les
deux voyageuses toutes deux à la fois dans ses bras.

« Ah! mon Annette, ah! mademoiselle Marthe, quel
bonheur! entrez donc! Venir de si loin! Vous êtes fatiguée, mademoiselle? Et mon frère? Ne craignez rien :
nous allons vous soigner de notre mieux; ce n'est pas
grand'chose, mais nous vous l'offrons de bon cœur. »

Puis ce fut le tour des filles de Francine d'embrasser
leurs hôtesses, de questionner et de s'excuser.

Pendant ce temps, Francine contemplait Marthe de
Seigny, et de grosses larmes lui venaient aux yeux.

« Comme elle a grandi! Je crois voir sa mère,
Mme Geneviève, c'est son vrai portrait! Ah! mademoiselle
Marthe, quand vous étiez petite, et que vous veniez voir
Mme Giron, vous retiriez du feu les pommes cuites du
dîner, et vous vous sauviez les manger dans le jardin, et
Mme Giron riait. Va, si tu les aimes encore les pommes
cuites, ma mignonne, on t'en fera!

— Mais oui, je les aime toujours, répondait Marthe,
qui avait saisi un mot du monologue de Francine, entre
deux questions de ses filles.

— Voici l'escalier de votre chambre, disait Micheline.

« — Et de la millière qui chauffe pour ce soir, disait
Jeannie.

— C'est dans deux jours la grande foire à Pouancé,
disait Micheline.

— Demain vous irez, si vous voulez, à la messe chez
les sœurs, disait Jeannie. Il y a une novice qui est de
nos amies. Elle chante si bien! Elle a vingt ans!

— Votre âge, mademoiselle, répliquait Annette.

— Mes bonnes amies, interrompait Marthe, j'irai
partout où vous voudrez, je me trouverai bien partout
avec vous, je suis tout heureuse d'être venue; seulement,
vous êtes quatre pour me parler, et je ne suis qu'une
pour vous répondre. Montons dans ma chambre, voulez-
vous?

— C'est cela, » dirent les filles de Francine.

Elles laissèrent monter devant elles les deux voyageuses, et, dans l'ombre de l'escalier, elles se faisaient
des signes d'intelligence, les deux pauvres ouvrières; se
réjouissant déjà des surprises de la petite châtelaine.
Elles avaient tant travaillé, tant cousu, tant dépensé
d'argent et de soins pour préparer la chambre de « mademoiselle »! Rien n'avait été épargné : des rideaux blancs
aux fenêtres, des rideaux bleus au lit, une taie d'oreiller
dont Jacqueline, fine brodeuse, avait composé le chiffre,
un verre d'eau qu'elles avaient payé un prix exorbitant et
que la marchande leur avait dit venir « de Paris », deux
vases de faïence peinte portant des bouquets de reines-
marguerites et, pour milieu de cheminée, un paludier du
bourg de Batz en coquillages, acheté à un colporteur de
Guérande, de passage dans le Craonais.

Marthe déclara que la chambre était ravissante, qu'elle n'en avait point de si belle, ni de si fraîche, et les

Annette, courbée sur son prie-Dieu, tout absorbée, écoutait.

deux jeunes filles, rouges de joie, le crurent, tout en faisant des signes d'incrédulité.

Après avoir admiré l'ensemble, il fallut admirer le

détail. Cela prit quelque temps encore. Le père Gerbellière arriva sur ces entrefaites. Sa voix sonna dans la cuisine :

« La millière va brûler, notre demoiselle.

— Tout de suite, père Gerbellière, le temps de voir le marié du bourg de Batz.

— Ça parle toujours de mariés, ces jeunesses, dit le père Gerbellière, qui ne comprit pas... Le bourg de Batz... Attends donc...', il me semble que j'ai connu un homme qui était des environs. Pas vrai, Francine? »

Il y avait huit ans que ce frère et cette sœur ne s'étaient vus, et ces deux cœurs simples, cinq minutes après leur réunion, cherchaient tranquillement ensemble quel était l'homme des environs du bourg de Batz que le père Gerbellière avait connu.

Marthe et les autres jeunes filles descendirent. La table était servie. Tous les convives, sauf Annette, firent honneur au dîner de Francine.

Quand on se sépara, la nuit était toute noire. Il fut convenu que le lendemain matin les filles de Francine iraient à leur journée, le père Gerbellière chez son ami le métayer du Griault, Marthe et Annette à la messe du couvent.

Il faisait grand jour, les rues étaient pleines de passants, quand le lendemain Annette sortit de chez Francine avec Mlle de Seigny. Elles suivirent quelque temps les rues étroites et arrivèrent près du couvent. La cloche sonnait l'office.

Elles hâtèrent le pas, et pénétrèrent dans la chapelle au moment où les religieuses, en habit de chœur

blancs, prenaient leurs places derrière la grille. Leurs
files silencieuses entraient par les deux portes latérales
du chœur, s'avançaient l'une vers l'autre jusqu'au bas de
l'autel, s'inclinaient, se croisaient sans se confondre, et
remplirent bientôt les stalles. L'office commença. Le
chant des sœurs s'éleva sous la voûte, grave et doux, et
l'on sentait au rythme que chaque parole de ce chant
était pensé par trente âmes à la fois. Surtout quand, à la
fin d'un verset, elles disaient : *Alleluia!* c'était un sentiment de joie profonde qu'elles exprimaient ainsi, un aveu
de paix, d'harmonie fraternelle et la reconnaissance d'êtres
frêles ayant trouvé l'abri.

Marthe et Annette écoutaient, celle-ci courbée sur
son prie-Dieu, tout absorbée. Tout à coup, le chœur se
tut, et une religieuse chanta seule. Annette releva la
tête et, se penchant vers sa voisine :

« C'est l'amie de Jacqueline, c'est la novice, » dit-
elle.

Il y a dans le monde des voix pures, celle-là était
innocente. Elle pénétrait comme un parfum. Sans apprêt,
sans autre art que l'intelligence du texte sacré et l'émotion qui l'animait, elle produisit une impression plus
forte que celle que la science la plus consommée peut
donner à la voix humaine de produire. Elle faisait penser
aux anges qui, sans cesse inondés de délices et de
visions sublimes, répètent sans effort, harpes touchées par
Dieu même, les harmonies qu'ils contemplent et qu'ils
goûtent. Et quand on reportait les yeux vers cette enfant
debout, dans sa robe blanche, ses beaux yeux levés,
pleins de joie et de clartés, l'illusion ne tombait pas.

Celle qui chantait ainsi avait été élevée au couvent. Dès l'enfance, elle s'était décidée pour le chemin parfait. Sans cesse en prière, sans cesse occupée des choses divines, quoi d'étonnant qu'elle eût quelque chose de divin dans la voix?

Quelle rare et douce rencontre que celle de ces âmes qui ne savent rien du monde, et n'ont de fenêtre ouverte que sur le ciel! Rien n'est fané en elles de la fleur de la vie. En l'offrant à Dieu, elles l'ont faite immortelle. Elles ont sacrifié toutes les illusions, elles n'en ont point perdu. Jeunes, elles sont vénérables; pleines d'âge, elles restent jeunes. On voudrait les connaître, on n'ose approcher. En se penchant sur ces fontaines si pures, on craindrait de les rider. On se trouve indigne et l'on passe en courbant le front, gardant toutefois au cœur l'impression d'une merveille exquise, trop précieuse pour être vue, et qu'il est permis seulement d'entrevoir.

Annette s'était de nouveau courbée sur son prie-Dieu. Sa figure exprimait un ravissement profond, et de ses yeux à moitié fermés des larmes s'échappaient, abondantes, sans qu'elle y prît garde. Elle resta ainsi, sans faire un mouvement, longtemps après que la novice eut cessé de chanter. Marthe s'apercevait du trouble extraordinaire de sa compagne, et s'étonnait qu'une fille, d'ordinaire si réservée, s'abandonnât ainsi. Plusieurs fois, elle crut remarquer qu'une des religieuses les plus rapprochées de la grille regardait cette enfant prosternée dans l'église.

Bientôt les sœurs, en files silencieuses, comme elles étaient venues, quittèrent le chœur. Marthe vit alors distinctement l'unes d'elles, qui sortait la dernière, l'abbesse peut-être, faire un signe de tête à la jeune paysanne. Annette, qui semblait attendre ce signe, y répondit par un sourire de joie indéfinissable.

Quelques minutes après, les deux jeunes filles sortirent de la chapelle. Annette était déjà redevenue la fille timide et un peu contrainte qu'elle était d'habitude, et, droite dans ses vêtements bien tirés, les yeux demi-baissés, elle reprit le chemin du bourg; mais l'esprit restait troublé et comme étourdi du bonheur qui l'avait frappé. Pendant longtemps elle oublia de parler à Marthe, ou ne le put pas.

Tout à coup, en rentrant dans une rue populeuse, le bruit et le contact de la foule la firent tressaillir. Elle tourna vers sa compagne ses yeux noirs si purs, encore humides :

« Mademoiselle Marthe, dit-elle, vous voyez que je suis bien heureuse. Ne le dites pas. »

Et elle ajouta, un peu plus bas :

« Surtout à mon père. »

Marthe avait compris, sans doute, car elle répondit :

« Je te le promets, mignonne. »

Et quand elles furent rentrées chez Francine, les deux jeunes filles causèrent longtemps seules.

VIII

Deux semaines passèrent vite, et Marthe revint à la Cerisaie.

Mlle d'Houllins manifesta de la joie de revoir sa nièce. Ce qu'elle avait de cœur s'émut, et elle tendit à moitié les bras, quand un soir, debout sur le seuil de sa maison, elle vit accourir la jeune fille.

Elle reprit bien vite d'ailleurs son air pincé, ses phrases désagréables, ses habitudes tracassières. Seulement Marthe observa qu'elle devenait presque généreuse.

Quand le taupier Sosthène Luneau vint pour se faire payer de la rente de dix boisseaux de blé, qu'on lui devait pour avoir exercé son art dans les terres du domaine, elle lui donna un boisseau en sus et un verre de vin blanc, en lui disant :

« Si tu travailles bien mes prés bas, tu en auras autant l'an prochain. »

Plusieurs fois aussi elle fit remettre un sou à chacun des pauvres qui, le samedi, venaient en procession tendre la main à la porte, gens des paroisses voisines en

général, qui vont quêter de village en village, le lundi à
Candé, le mardi à Vern, le mercredi au Lion-d'Angers,
le jeudi à Andigné, le vendredi à Segré, le samedi à
Chazé et à Marans. Depuis qu'elle habitait la Cerisaie,
Mlle d'Houllins n'avait jamais donné plus de deux liards
dans ses distributions. Elle était taxée à ce chiffre dans
l'actif des budgets de la troupe mendiante. Quand on sut
qu'elle donnait quelquefois un sou, la procession du
samedi devint plus nombreuse. Un jour même, Marthe
entendit sa tante se plaindre de la longueur du mauvais
sentier qui conduisait à Marans, et dire :

« Je devrais bien faire faire une allée sablée à travers
les prés, pour rejoindre la route au delà du carrefour du
Tremble. Ce serait plus sec et plus court. »

Elle ne fit pas l'allée, mais c'était beaucoup d'en avoir
parlé.

De tels symptômes et d'autres semblables, Marthe
avait conclu que Mlle d'Houllins avait hérité quelque fortune de son frère. Elle en acquit la certitude, un mois
après son retour à la Cerisaie.

Le facteur, dont l'apparition, rare dans cette campagne reculée, était un événement, se montra, son bâton
à la main, à la barrière du pré. La fille de basse-cour,
qui mesurait du menu grain dans le grenier, l'aperçut la
première par la lucarne ouverte, et cria :

« Mademoiselle, c'est le facteur !

— Eh bien, laisse-le venir, répondit la voix aigre de
Mlle d'Houllins, et va panser tes poules, au lieu de
regarder par la fenêtre. »

Mlle d'Houllins manifesta néanmoins une certaine

impatience en attendant l'arrivée du bonhomme, et mit ses lunettes dix minutes à l'avance.

Quand le facteur entra dans le corridor, en faisant

Marthe, qui l'observait, la vit étudier avec une satisfaction croissante
un gros cahier d'écriture.

sonner les dalles sous son bâton ferré, elle alla vivement à sa rencontre, et rapporta dans le salon un gros pli scellé de plusieurs cachets. Elle l'ouvrit avec une certaine solennité. Marthe, qui l'observait, la vit étudier avec une

8

satisfaction croissante un gros cahier d'écriture qui se terminait par un paraphe magistral : évidemment celui d'un homme d'affaires. Quand Mlle d'Houllins eut terminé sa lecture, elle dit à mi-voix, en remettant le cahier dans l'enveloppe, et comme se parlant à elle-même :

« Les subsistances militaires rapportaient décidément plus que je ne pensais. »

Ce fut tout ce que Mlle de Seigny connut de la fortune de son oncle, tout entière léguée à Mlle d'Houllins. Que lui importait? Elle avait plus que de l'insouciance à l'endroit de la fortune : elle ignorait ce que c'était.

Son cœur n'était pas là. Plus jeune que celui de Mlle d'Houllins, il ne battait pas pour une pièce d'or. Elle préférait à la lecture des actes notariés quelque course matinale sur sa jument grise, à travers les prés. Ces échappées lui plaisaient plus encore depuis quelques mois, elle les faisait plus longues. Une pointe de rêverie s'y mêlait. Sans qu'elle s'en rendît clairement compte, ses pensées prenaient souvent la route de la Basse-Rivière. Volontiers elle entendait parler de son jeune voisin. Il est vrai que, pour entendre parler de lui, elle n'avait qu'à écouter. Je ne sais quelle conspiration générale, que personne n'avait ourdie et où tout le monde était entré, la renseignait minutieusement. Par le curé, par les lingères qui venaient en journée à la Gerbellière ou à la Cerisaie en sortant d'une ferme du baron Jacques, par le taupier qui apprenait tout sans interroger personne, en flânant le long des voyettes, elle savait s'il avait reçu un ami en déplacement de chasse; s'il était retourné à la Cilière, chez le marquis dont la fille avait

vingt ans aussi; elle savait même que son cidre était le
plus mousseux du pays, car le facteur avait pu comparer,
et que Cab, le pauvre alezan, boitait toujours. Elle savait
cent choses encore; mais ce qui lui plaisait surtout,
c'était de recevoir de tous côtés le témoignage et de
constater par elle-même que le baron Jacques, depuis si
peu de temps qu'il résidait dans la terre des Lucé, avait
déjà conquis la place qu'y avaient tenue ses aïeux, con-
seillers, protecteurs et amis des petites gens. Elle en
éprouvait un sentiment voisin de la fierté, et comparait
en elle-même cette popularité naissante avec celle dont
M. de Seigny, lui aussi, et pour les mêmes raisons, avait
été promptement l'objet. Ce rapprochement, qui associait
le jeune homme aux plus chers souvenirs de Mlle de Seigny, était sans doute pour quelque chose dans le petit
battement de cœur qu'elle éprouvait presque chaque
dimanche à la sortie de la grand'messe, quand le baron
Jacques, se détachant d'un groupe de métayers qui
l'entouraient comme un homme utile et aimé auquel il
est bon de demander avis, la saluait au passage. Il y
mettait tant de bonne grâce, qu'elle en était touchée, et
tant de constance, malgré la maussaderie de Mlle d'Houllins, qu'elle n'avait pu s'empêcher, une fois ou deux, de
le remercier d'un sourire ou d'un regard. Était-ce trop
vraiment, et ne devait-elle pas être aimable pour deux?

De la sorte, et petit à petit, il avait pris dans sa vie
une place dont elle ignorait l'importance, ne l'ayant pas
donnée, mais l'ayant laissé prendre.

Elle put la mesurer un jour, le jour où elle porta,
pour la première fois, le joli chapeau bleu et noir, à

esprit, qu'elle avait fait venir de Paris, un peu, beaucoup même pour lui.

Un chapeau à esprit ? oui, cela s'appelait ainsi.

Marthe recevait un journal de modes, alors très en faveur, *l'Album.* Elle y avait lu cet avis alléchant, écrit dans le style pomponné de l'époque :

« Les esprits ont décidément la vogue. Je ne parle pas de ces êtres célestes qui, gracieux agents des muses, inspirent leurs favoris, les Casimir Delavigne, les Viennet, les Ancelot et toute la troupe immortelle dont le palais s'élève au bout du pont du Louvre. Je parle d'une touffe de plumes effilées, blanches ou noires, que les modistes plantent au milieu de marabouts ou d'ondoyantes plumes d'autruche, sur les toques et les chapeaux nouveaux. A la cour, quelques dames placent un esprit jusque dans leurs cheveux. Je sais bien que quelques-uns de ces plaisants, dont l'espèce est assez commune, feront, sur le goût de nos belles, un méchant quolibet ; moi, je dirai la vraie cause du succès d'une telle mode : nos hussards, nos lanciers, et avant eux nos maréchaux, portent des esprits sur leurs têtes guerrières ; et nos dames, dont le cœur est tout français, aiment à ressembler, par quelque endroit, à nos héros. »

Marthe avait trouvé cela très joli : elle rêvait d'un esprit.

Le même journal de modes donnait l'adresse du fabricant. L'esprit venait de chez « l'inimitable Zacharie, 93, rue de Richelieu ». Elle avait donc, avec un soupir, montré la gravure à Mⁱⁱᵉ d'Houllins, et la vieille demoiselle, qui s'humanisait décidément, avait commandé à

« l'inimitable Zacharie » un toquet nouveau pour une jeune blonde de vingt ans.

Le toquet était arrivé un samedi à la Cerisaie, et dès le lendemain, l'esprit et les plumes ployaient au vent, sur la route de Marans, blanche de givre et pleine de monde. Les cloches sonnaient pour l'Épiphanie ; on entendait toutes celles des paroisses voisines, car le ciel bas renvoyait leurs volées, mêlées, carillonnant ensemble comme des voix d'enfants qui rient. Les petits gars suivaient leurs mères, un morceau de galette à la main. Il faisait bon marcher dans l'air piquant, et Marthe allait, plus légère encore que de coutume, toute rose sous son chapeau bleu.

Hélas ! celui qu'elle aurait voulu voir n'était pas à l'église quand elle y entra. Il n'y parut pas. Son banc resta vide. A la sortie, Jacques ne se trouva pas là pour la saluer au passage. Elle s'en revint songeuse à la Cerisaie. Où donc est-il allé ? pensait-elle.

La réponse lui fut donnée le soir même.

Marthe avait accompagné sa tante chez les parents du comte Jules. Au cours de la visite, le vieux gentilhomme, un peu malignement, dit à Mlle d'Houllins :

« Savez-vous que vous perdez un voisin, mademoiselle ?

— Lequel ?

— Eh ! notre ami, Jacques de Lucé... Il est parti hier matin pour Paris.

— Je l'ignorais complètement. Mais cela ne m'étonne pas. Il enrageait de revoir Paris, je suppose. Est-il parti pour toujours ?

— Heureusement non, pour quatre mois seulement. »

Marthe, que cette nouvelle atteignait au cœur, ne put réprimer le premier mouvement de son émotion.

« Quatre mois, dit-elle, vous êtes sûr, monsieur?

— Mais oui, mon enfant. Ce n'est pas de trop pour renouer tant de belles relations qu'il avait et que l'absence dénoue vite, pour secouer la poussière provinciale et redevenir parisien. D'ailleurs, nous sommes au temps des bals, des concerts, des expositions : la saison lui paraîtra moins longue que vous ne semblez le croire, j'en suis convaincu. »

Elle rougit beaucoup, et quand elle fut rentrée, elle pleura longtemps, amèrement, comme si elle avait perdu un de ses proches. Elle s'aperçut alors que Jacques de Lucé n'était plus pour elle un voisin ordinaire, et l'hiver, dont elle compta les jours, lui sembla plus sombre et plus lent que les années précédentes.

IX

Si la jeune fille avait pu lire dans le cœur du baron
Jacques, elle eût été moins chagrine; elle eût moins
regretté une absence dont elle était en partie la cause. Il
allait retrouver à Paris ses amis, les salons où il avait
laissé un souvenir aimable dont il serait bien aise de
constater la persistance, les expositions de peinture qui
le passionnaient et les concerts qu'il avait suivis en dilet-
tante et en connaisseur pendant plusieurs années; mais
il allait aussi revoir son oncle et tuteur, le chevalier
d'Usselette, l'homme le moins bien portant de France,
comme il s'appelait, et qui joignait, à ce défaut et à
beaucoup d'autres, de l'esprit, du bon sens même quelquefois. Jacques voulait le consulter sur ces trois questions : Est-il temps, mon oncle, que je me marie?
A supposer que j'eusse quelque sentiment pour elle,
est-il convenable de me marier avec une voisine qui n'est
pas riche, et qui n'a jamais vu Paris?

Jacques était de ces hommes qui prennent toujours
un conseil, sauf à ne pas le suivre. Quoi qu'il entreprît,
il cherchait l'opinion du monde. Or, le monde était per-
sonnifié pour lui en M. d'Usselette, le dernier chevalier

pimpant, frisé, léger, indiscret et galant de l'ancienne société : un vieux hanneton de rose, un hanneton de rose qui aurait survécu au printemps, et bourdonnerait au milieu des fleurs nouvelles qui n'y comprendraient rien. Il répétait de temps à autre à Mme de Rumford, qui avait été Mme Lavoisier, et dont il fréquentait le salon :

« Votre père a été guillotiné, madame ; M. Lavoisier également ; vous et moi avons bien failli subir le même sort. Il m'arrive de regretter d'avoir survécu ; d'abord parce que nous aurions fait route ensemble vers l'autre monde, — Mme de Rumford ne manquait jamais de faire en cet endroit un signe de dénégation, — et ensuite parce que nous sommes dépaysés dans ce siècle stupide. C'est un grand art de savoir mourir avec son monde.

— Mon cher ami, répondait sa spirituelle et fantasque interlocutrice, mieux vaut encore faire revivre un monde en sa personne, et mettre le siècle nouveau à l'école de l'ancien. »

Chez Mme de Rumford, il y avait dîner intime le lundi ; le mardi, réception ouverte, et soirée de musique le vendredi. M. d'Usselette, et cela depuis le premier Empire, avait manqué bien peu de lundis, pas un mardi et pas un vendredi.

Il trouvait là : Alexandre de Humboldt, Cuvier, le baron de Prony, Arago, le comte Molé, et tant d'autres illustres de la science, de la politique ou des lettres. Le reste de sa vie il le passait à faire des visites, à lire ou à priser. Il amusait. On le prenait souvent pour arbitre des questions de convenance et d'étiquette.

Son pupille venait donc le consulter à son tour.

« Mon cher, j'ai fait des comptes cette semaine. »

Un autre motif l'appelait encore : M. d'Usselette était
si léger, qu'il avait toujours oublié de lui rendre ses
comptes de tutelle. Arrivé à sa majorité, le jeune homme,
par discrétion, n'avait rien demandé. L'autre n'avait rien
offert. Jacques avait quitté Paris, sans savoir exactement
ce qu'il possédait. Avant de se marier, il était utile de le
savoir. Mais comment aborder ces deux sujets délicats?
Pendant cent dix-neuf jours, le baron Jacques n'osa pas.
Le cent vingtième, quelques heures avant son départ, il
allait oser, quand son tuteur le prévint.

M. d'Usselette était sur le point de sortir de son petit
appartement de la rue de Bellechasse; il avait pris son
jonc à pomme d'or et ouvert la porte de la salle à manger, où il venait de déjeuner, quand il s'arrêta sur le
seuil, et murmura en levant la tête :

« Je suis sûr que j'oublie quelque chose! »

Il resta quelques instants le nez en l'air, humant une
prise, puis se frappant le front de la main gauche et
revenant sur ses pas :

« En effet, j'avais à te parler. Assieds-toi.

— Mais je suis assis, mon oncle.

— Bien. Alors je m'assieds. »

Il approcha sa chaise de celle du jeune homme,
devant la fenêtre, et, les jambes croisées, scandant ses
mots avec la tabatière d'or qu'il tenait à la main, il eut
avec son neveu l'entretien suivant :

« Mon cher, j'ai fait des comptes cette semaine. Il y
a trente ans que cela ne m'était arrivé.

— Mon oncle, il faut vous reposer trente autres
années là-dessus.

— Et, chose remarquable : ils sont justes.

— Je vous en fais mon compliment.

— Ces comptes-là te concernent.

— Ah !

— Tu auras beau prétendre le contraire, mon cher ami ; je vieillis. Humboldt me le disait hier : Vous avez presque votre âge, monsieur d'Usselette. Il est temps que je me mette en règle avec mes créanciers. Tu en es un. J'ai donc fait tes comptes de tutelle. Voici ta situation de fortune, mon cher ami : ton domaine de la Basse-Rivière, neuf mille francs de rentes que tu touches depuis ta majorité, et qui te suffisent. Plus mille huit cent sept francs soixante-cinq de rentes cinq pour cent en titres au porteur, qui se trouvaient mêlés à mes papiers et que je n'ai pas pensé jusqu'à présent à te remettre. Il y a quatre ans et demi que tu es majeur ; mille huit cent sept francs soixante-cinq pendant quatre ans et demi... pour faciliter le calcul, j'ai mis mille huit cents francs, pendant cinq ans, et j'ai trouvé neuf mille francs. C'est donc dix mille francs que tu retireras demain matin chez mon banquier. Voilà mes comptes.

— Le règlement me semble avantageux pour moi, mon oncle, et je vous remercie.

— Prends toujours, mon ami, c'est tout ce que tu auras de moi ; car je dois t'en prévenir, j'ai mis tout mon bien en viager. »

Le jeune homme reçut cette nouvelle désagréable sans laisser paraître le plus léger dépit. Son oncle, qui l'observait, s'écria :

« Eh bien ! tu reçois cela en gentilhomme. Cela me

fait plaisir. Je disais donc que tu ne devais rien attendre
de mon côté. Ce n'est pas que je ne te porte intérêt,
beaucoup d'intérêt, et je vais te le prouver tout de
suite. Je veux te donner...

— C'est inutile, mon oncle, je...

— Un simple conseil, mon ami, mais il est bon :
marie-toi.

— Tout le monde me donne le même avis, mon
oncle. Il vous semble donc aussi...

— Il me semble que tu es à l'âge où l'on doit se
marier. Je parle de ceux qui en ont le temps. Moi je
ne l'ai jamais eu : trop de relations, mon ami, trop
d'invitations; un causeur doit être un célibataire, et je
suis né causeur. Donc, puisque tu penses au mariage,
dans la paix de ta province, c'est au mieux. J'ajouterai
alors un second conseil au premier.

— Vous êtes bien bon, mon oncle.

— Marie-toi à une jeune fille de ta condition, et,
s'il se peut, de fortune égale à la tienne. Je ne l'ai que
trop souvent vu : quand on cherche la dot, trois fois sur
quatre, on épouse bête.

— Mais...

— A moins qu'on épouse laid.

— Mon oncle, je vous...

— Quelquefois les deux, je te l'accorde. Ta chère, ta
charmante mère, ma sœur, était de cet avis. Elle avait
des mots délicieux, ta mère, femme du monde jusqu'au
bout des ongles. Et une repartie! Tiens, je me rappelle
qu'un jour ce gros Wiesbach, tu sais, le naturaliste qui
avait épousé sa tante?...

— Wiesbach? non, je ne me souviens pas.

— En effet, qu'est-ce que je dis? Il est mort avant ta naissance. Peu importe d'ailleurs. Wiesbach lui démontrait que l'homme doit avoir autorité sur la femme.

« — Et comment le prouvez-vous, monsieur Wiesbach?

« — Par cent preuves.

« — Donnez-m'en une.

« — Eh! madame, Dieu a créé l'homme le premier, manifestant par là qu'il le faisait roi, *princeps*.

« — Vous n'y êtes pas, répondit ta mère; l'explication est détestable, monsieur Wiesbach. Si Dieu a créé l'homme avant la femme, c'est tout simplement qu'avant de faire son chef-d'œuvre, il avait besoin de faire un brouillon. N'est-ce pas, mon frère? ajouta-t-elle en se tournant vers moi. »

« Eh! eh! eh! qu'en penses-tu? Non, mon ami, on n'a plus d'esprit comme ça. Qu'est-ce que je te disais donc? Ah! que ta mère était de cet avis : ne pas chercher la dot, la craindre plutôt. J'ajouterai ceci : fais ton choix dans ta province, et, si tu peux, dans ta paroisse. Il y a un Grec, un Grec célèbre, je ne sais plus lequel, qui a laissé cet aphorisme : Marie-toi jeune, et prends ta voisine. En as-tu une?

— Oui, mon oncle, mademoiselle...

— C'est juste, Fragonard! Toujours charmante?

— Je crois bien, mon oncle, que je commence à devenir mauvais juge de la question.

— Ah! ah! coquin! Nous sommes blonde?

— Oui, mon oncle, un peu frisée.

— C'est ça, un peu frisée; parfait, mon cher ami, parfait. Nous avons vingt ans?

— Près de vingt et un.

— Une petite métairie dans chaque main?

— Précisément.

— Voilà qui est pour le mieux. Nous nous aimons, nous nous marions, une idylle, c'est parfait!

— Oh! mon oncle, je suis bien loin de là! Je réfléchis, je demande conseil, mais je ne demande pas encore la main.

— Bah! bah!

— Et puis, qui sait, à supposer que je la demande, si l'on m'agréerait?

— Vous êtes un petit fat, mon neveu, qui voudriez un compliment, vous ne l'aurez pas. Mais vous demanderez Fragonard, et vous l'aurez. Cela ne fait pas de doute; et vous viendrez tous deux me faire visite de noce. Je suis enchanté de ce petit programme, véritablement enchanté. »

Le chevalier se leva, fit quelques pas vers la porte. Puis il revint.

« Ah! mais! que je n'y figure pas, au moins, dans le programme! Pas de lettre à écrire, pas de voyage surtout, tu me connais : l'horreur des affaires!

— Je sais, mon oncle.

— C'est entendu. Tu te maries, et je ne m'en occupe pas... Mon cher Jacques, il faut que je te dise adieu, reprit le vieux chevalier. Tu pars à 5 heures, et je ne te retrouverai pas ici en rentrant : tu comprends, c'est le vendredi de Mme de Rumford. La Malibran y chante

ce soir, une voix divine! Je lui ai fait un acrostiche.
Adieu, mon neveu, adieu, bel amoureux! Mes hommages
à Fragonard. »

Il serra la main du jeune homme, et s'éloigna en
chantonnant :

Lindor ayant mené ses moutons dans les prés,
Y trouva Toinon sa bergère.

« Allons, pensa le baron de Lucé, quand il fut seul,
mon oncle est tout heureux d'être débarrassé de moi.
Pour des raisons diverses, voilà quatre personnes qui me
poussent à me marier avec Mlle de Seigny : Jules,
Mme Giron, l'abbé Courtois et mon oncle d'Usselette. Le
mieux est peut-être de ne pas résister à cette pensée, et
de faire quelque chose pour me réconcilier avec la tante
d'Houllins. Mais quoi? »

Il eut tout le temps d'y songer pendant les quatre
jours qu'il mit à regagner la Basse-Rivière.

X

Dans le Craonais, terre un peu froide et rude, l'hiver est long, le printemps long à venir; mais quand il éclate, quelle fête subite et superbe! On est encore dans les jours mornes; le ciel gris laisse à peine entrevoir le bleu de la saison chaude; l'herbe des prés est verte, mais rase. Quelques bourgeons s'ouvrent sur les ronces; l'aubépine ni l'épine noire n'en ont encore. Les arbres de haute tige balancent au vent leurs rameaux maigres et les vieux nids des printemps passés. Rien ne s'élance, rien ne grandit, rien ne s'épanouit; le signal n'est pas donné, la sève qui bouillonne dans la terre attend l'heure de rompre ses digues.

Tout à coup, au milieu d'une journée pluvieuse, un souffle passe. Il est tiède, imprégné d'un parfum subtil. D'où vient-il? Quels rayons l'ont chauffé? Sur quelles fleurs s'est-il embaumé? Ne cherchez pas. C'est la permission d'éclore donnée à l'herbe, aux fleurs, aux arbres; c'est le messager qui parcourt la terre. Tout ce qui a vie tressaille sur sa route. Le ciel peut rester gris, la bourrasque siffler encore, la gelée du matin retarder l'effort :

9

la résurrection est commencée. De ce moment les premiers bourgeons éclatent; les autres se forment, rou-
gissent. Mille petites tiges s'élancent des pieds d'herbe.
On voit des brins de paille dans le bec des moineaux.
Les blés jaunis par les pluies d'hiver s'affermissent, et
prennent un ton foncé. Des champs de vesceau les perdrix partent deux. Les guérets commencent à fumer. Les
nénuphars montent du fond de l'eau. On entend de très
loin les gars chanter dans les chemins. Une abeille
vole : c'est qu'une fleur s'est ouverte. Attendez quelques
jours encore, et la parure nouvelle de la terre sera
complète, et tout verdira, et tout fleurira, et tout chan-
tera.

Tout commençait à verdir, à fleurir, à chanter, ce soir
de la fin d'avril où ma tante Giron se rendit à Chanteloup, chez le père Luneau. Elle était invitée aux rilleaux.
La cuisson des rilleaux est dans toutes les fermes du
pays l'occasion d'une fête à laquelle les parents et les
amis sont conviés. C'est une grave affaire et une entreprise difficile. Tout le monde n'a pas le coup d'œil nécessaire, le don mystérieux de deviner l'instant précis où le
lard est cuit sans être fondu, doré sans être roussi; le
comble du talent est d'obtenir des rilleaux *rosés*, mais
il faut être sorcier pour cela.

Avouons-le tout de suite : on l'était un peu à Chanteloup; non pas peut-être le père, mais le fils. Or le
père et le fils se tiennent de si près que, dans l'opinion
du pays, le père Luneau était un peu sorcier, parce que
le fils, Sosthène, l'était à fond. Nul cependant n'était
plus honnête ni plus rangé que le père Luneau, de Chan-

teloup, un vieillard de taille moyenne, à l'œil doux, au
nez un peu busqué, à la tête chauve avec des boucles
grises retombant sur la nuque; au moral très finaud,
d'humeur paisible et causante. Il avait eu sept enfants,
qu'il avait tous élevés. Trois avaient quitté la maison :
une [fille qui s'était mariée et deux autres qui s'étaient
mises « en condition » chez des voisins recommandables.
Il restait à la maison la dernière fille et trois fils.
C'était plus de bras qu'il n'en fallait pour cultiver la
petite closerie et pour soigner les quatre vaches de
l'étable. Mais à force d'économie et d'industrie on vivait
tout de même. Chanteloup n'avait pas à payer le taupier, car le fils aîné prenait les taupes pour rien; ni le
greleur, car le cadet savait greler; ni le sabotier, car ce
dernier creusait à ravir les billes d'aulne et d'ormeau.

Le père avait, d'ailleurs, précédé son fils dans la voie
des spécialités : il jouait du serpent à l'église. Il en usait
un peu sans art avec son instrument, n'ayant pu méditer
le volume in-douze que le professeur de serpent de
Paris, Imbert de Sens, fit paraître en 1780, chez la
veuve Balard, sous ce titre : *Nouvelle méthode de ser-*
pent pour ceux qui en veulent jouer avec goût; mais il
en jouait avec une conviction robuste, avec ardeur, avec
passion, suivant le précepte du curé, qui lui avait dit,
après trois leçons de doigté :

« Souffle là dedans, mon bonhomme, tant que tu
pourras, comme tu pourras : tu ne feras jamais autant
de bruit que nous. »

Seulement, comme il y a chez les hommes un fond
insatiable d'ambition, l'honneur de figurer au lutrin ne

lui suffisait pas. Il gémissait de n'être pas du conseil municipal. Son fils aîné l'en écartait.

Qu'avait-il donc fait, ce grand gars nonchalant aux yeux bleus, qui courait les champs avec l'allure ennuyée d'un marin à terre, et comment troublait-il la vieillesse de son père? Eh! mon Dieu, il avait fait d'abord la guerre d'Espagne avec le duc d'Angoulême, dans un régiment de lanciers. Il en était revenu bronzé, décoré, avec les galons de maréchal des logis. A son retour, on s'attendait à le voir prendre la direction de quelque ferme importante; les marraines du bourg causaient déjà de lui; des jalousies s'éveillaient entre les filles à son sujet, et plus d'une rêvait de devenir la femme du beau soldat d'hier, qui serait demain, s'il le voulait, le premier laboureur de la paroisse.

Tout à coup, on apprit que Sosthène Luneau était devenu taupier. La chute était profonde et d'autant plus extraordinaire qu'il n'y avait jamais eu de taupiers dans la famille Luneau, et que, d'ordinaire, la tauperie est héréditaire. Lui, s'était fait taupier par hasard, d'aucuns disent par force. On ne sait pas au juste. Voici comment un ancien, un homme véridique, m'a conté l'affaire :

L'ancien taupier de Vern, Géromet, était très vieux et point marié. Ces gens-là se marient peu. Il avait sans doute jeté les yeux sur Sosthène Luneau depuis long-temps pour lui transmettre son secret, car les taupiers ont un secret. Sosthène ne lui avait rien demandé. Il n'y pensait pas. Il était seulement flâneur un brin et songeur, voilà tout. Donc, il revenait, Sosthène, par la traverse, le soir de la foire de Candé, entre nous soit dit, un peu soûl. Il trouvait les échaliers plus haut que de coutume. Les nuées dansaient sur la lune, quand il passa dans le champ de la Coudre, qui était en chaume. C'est

Luneau jouait du serpent à l'église.

un endroit, chacun le sait, qui n'est pas chanceux. Voilà qu'au moment où il allait sauter la haie, il entendit du bruit. *Il se retournait et vit comme ça trente-deux bêtes qui se tenaient par la queue, et qui tournaient, virr, virr, virr. Ça vint sur lui, monsieur, ça le roulit dans le*

sillon, si roulit, si roulit, que ça le dessoûlit. Il se releva ;
il voulait partir, il ne pouvait. Alors il s'assit sur le talus.
A côté de lui, il y avait un homme, et cet homme
c'était Géromet, qui lui mit la main sur le bras, et lui dit :

« Approche, approche, je ne te veux pas de mal à
toi, je te veux du bien. »

Il resta silencieux plus de deux minutes, faisant des
signes aux buissons, comme de se tenir tranquilles, puis
il ajouta :

« Ça te conviendrait bien, la tauperie.

— Faut la connaître.

— Je te l'apprendrai.

— Ça ne suffit pas d'apprendre le métier, faut savoir
le secret.

— Je te le dirai. »

Le grand Sosthène regardait le taupier d'un air de
doute. Il pensait au mauvais renom de la tauperie.
Géromet reprit :

« On peut gagner gros dans la tauperie.

— Peut-être bien.

— Et puis, on est son maître et celui des autres... »
L'œil de Sosthène brilla.

« Rien ne vous résiste, dit le taupier ; la fille qu'on
veut en mariage, on l'a toujours.

— Alors pourquoi ne t'es-tu pas marié, Géromet ?

— Parce que je n'ai pas voulu.

— Et pourquoi quittes-tu le métier ?

— Parce que je vais mourir. Elles me l'ont dit.

— Qui, elles ?

— Tu le sauras plus tard. »

Le gars resta un peu de temps indécis, les yeux errant à terre, autour de ses pieds, pendant que le taupier répétait, comme se parlant à lui-même :

« On peut gagner gros dans la tauperie, oui, très gros. »

A l'autre bout du champ, il se passait des choses terribles. Sosthène savait-il bien ce qu'il faisait? Il se pencha, et murmura :

« Dis-moi le secret, je veux bien. »

Alors s'engagea entre les deux hommes une conversation à voix très basse, dont personne n'a jamais rien entendu ni su. Seulement, la petite Louison, qui ramenait ses vaches du pré, vers 8 heures, remarqua que, ce soir-là, la pointe des peupliers du côté de la Coudre était tantôt lumineuse et jaune, tantôt sombre ; et, ce qui est plus grave, le meunier de la Basse-Rivière, un homme d'âge, quand on lui apprit la date de l'entretien, se rappela parfaitement que, montant avec son mulet le chemin qui passe le long du champ, il s'était trouvé entouré d'oiseaux de nuit qui faisaient un tapage effroyable. Couples d'orfraies, de chevêches, de chats-huants et de ducs, rassemblés en cet étroit espace en nombre inusité, se répondaient d'une souche à l'autre, et roulaient leurs yeux phosphorescents qui luisaient dans l'épaisseur du feuillage. Cette rencontre l'avait étonné. Quand il sut l'entrevue, il ne s'étonna plus.

Le premier qui, dans le bourg, annonça que Sosthène Luneau s'était fait taupier, fut accueilli par des éclats de rire et traité de mauvais plaisant. Mais on ne rit plus, et quelques filles rougirent pour cet insensé.

quand la nouvelle se répandit, deux mois plus tard, que Géromet était mort, et qu'il laissait par testament au fils aîné du père Luneau ses pièges à taupes, sa bêche à manche de cormier, et aussi, — remarquez les termes, — « son sac en peau, avec tout ce qu'il y avait dedans. » Les derniers incrédules se rendirent à l'évidence quand Sosthène en personne, la bêche sur l'épaule et portant en travers du corps le sac de peau « avec tout ce qu'il y avait dedans », se mit à parcourir le pays, en offrant ses services et demandant leur pratique aux métayers.

Aucun doute ne pouvait subsister : Sosthène Luneau était taupier. Le scandale fut grand dans la paroisse et même au delà. La renommée des Luneau, jusque-là intacte, en souffrit une grande atteinte. Bien des amis s'écartèrent discrètement. Chanteloup devint un lieu redouté. Adieu les beaux mariages pour les filles, adieu le conseil municipal pour le père : sœurs de taupier, père de taupier, mauvaise note dans le Craonais.

Peut-être ignorez-vous la raison de cette répulsion. Vous pensez que la tauperie est l'art de prendre les taupes? Sans doute; mais elle est autre chose encore, et tout n'est pas naturel dans les moyens qu'elle emploie. De tout temps elle a été considérée comme une branche de la sorcellerie, et non la moins noire. Le *talparum venator* du moyen âge et le taupier de nos jours sont frères en sortilèges. Ils ont quelque chose de l'existence et du mauvais renom du bohémien. Le paysan suspecte ce vagabond, qui parcourt les champs à la fine pointe du jour, à l'heure où ils sont encore visités par les apparitions de la nuit. Lui, l'homme du plein jour, l'homme du

soleil, il se défie de l'homme des crépuscules et des
heures douteuses. Le taupier marche à pas de loup; on

On l'avait très bien vu, et les sept loups qui le suivaient.

dit : Marcher comme un preneur de taupes. Pourquoi?
Pour surprendre son gibier, oui, mais est-ce bien tout?
Il n'est pas souvent chez lui; où est-il? Quelles ren-

contres fait-il, ou plutôt quelles rencontres ne fait-il
pas, en de certains carrefours, le long de certaines cou-
lées de prés, bien connus pour être hantés? Quand la
chasse-Hennequin passe en l'air, « cent diables volant,
cent âmes damnées chassant, » qui les entend? tout
le monde; qui les voit? le taupier. La Grande-Levrette,
qu'on appelle encore la bête Havette ou la Bigorne, qui
court les chemins verts, à la nuit tombante, souple
comme une panthère, suivant on ne sait quelle proie
invisible, les a souvent trouvés sur la route. Elle ne leur
a jamais fait de mal. C'est donc qu'ils la connaissent.
Combien de fois ont-ils vu les feux-follets, les « éclai-
roux », sortir des fossés, des marouillers, et danser
autour d'eux sans en paraître plus effrayés que de simples
papillons? Et cependant, ils n'ignorent pas la puissance
de ces âmes errantes. S'ils n'ont pas peur d'elles, n'est-ce
pas qu'ils les ont conjurées? Ils sont rarement pris de
vin, c'est vrai. Cependant, cela leur arrive comme aux
autres. Comment n'a-t-on jamais entendu dire qu'ils
aient été terrassés par cette méchante chèvre blanche,
maigre comme une cosse de pois, lourde comme une
maison, qui suit les buveurs au retour des foires, leur
met ses pattes sur les épaules, les terrasse et les roule
avec ses cornes jusqu'aux creux des fossés? Ils savent
peut-être ce qu'il faut lui dire. Ce qui n'est pas douteux,
c'est qu'ils sont, presque tous, meneux de loups. De ce
côté-là, les preuves abondent. Plusieurs hommes du
bourg avaient rencontré Sosthène Luneau en cette
affreuse compagnie. Fauvêpre, par exemple, le charron,
un homme qui ne boit pas, l'avait trouvé sur la route de

Vern, une nuit de novembre. Du bas de la côte, en
levant les yeux, comme il faisait de la lune, il l'avait très
bien vu, tout en haut, lui et les sept loups qui le suivaient. Ces méchantes bêtes lui obéissaient comme des
chiens, ne s'écartant guère et revenant dès qu'il sifflait.
De temps en temps, il leur parlait. Quand Fauvêpre
approcha, les loups le sentirent et se mirent à grogner
et à tirer la langue. Le gars tremblait de peur. Le
meneux fit un petit sifflement qui ressemblait au cri
d'une chouette, et dit :

« Allons, allons, les agneaux, ne lui faites pas de
mal, c'est un ami! »

Alors les loups, trois d'un côté, quatre de l'autre,
entrèrent dans la haie et suivirent les deux fossés, à
droite et à gauche de la route, pendant que Fauvêpre
croisait Sosthène, qui ne répondit point à son bonsoir,
sinon par un signe de tête, comme un homme qui a des
raisons de se taire.

Cent autres histoires de ce genre couraient sur le
compte de Sosthène.

Au fond de tous ces récits, qu'y avait-il? Absolument
rien. Le grand Sosthène était le plus honnête homme du
monde, nullement mécréant. S'il était devenu taupier,
c'était par paresse et par goût de la flânerie. Il n'avait point
hérité des secrets, du bissac, ni des pièges de Géromet;
il les avait achetés, et c'était uniquement les conditions
du prix qu'ils débattaient dans cette entrevue mystérieuse
qui fit scandale dans le pays. Mais quand un homme a
été décrété meneux de loups, il ne s'en lave jamais complètement. Sosthène avait eu beau protester, quelques-

uns avaient rompu tout à fait avec lui, d'autres s'en étaient éloignés seulement : personne ne l'avait cru.

Voilà pourquoi les jours de fête, et notamment aux veillées des rilleaux, le nombre des amis n'était pas considérable à la métairie de Chanteloup. Raison de plus pour ma tante Giron, qui avait bon cœur, d'accepter l'invitation du vieux Luneau.

Elle se rendait donc, par les sentiers, par les traînes des prés, à la ferme cachée parmi les arbres, un soir de printemps, la renoncule d'eau étant fleurie et les coucous-pelote pas encore.

XI

Quand elle entra dans le petit courtil qui s'étendait
devant la ferme, le chien de garde quitta brusquement
l'ombre d'un romarin sous lequel il dormait, et courut à
elle en aboyant; puis, la reconnaissant, il se ramassa
sur lui-même, et vint frotter sa grosse tête grise le long
des jupes de ma tante Giron. Au même instant, Sosthène apparut sur le seuil.

« Ici, Papillon, dit-il... Bonjour, madame Giron. »

Il y eut un éclair de joie dans son œil bleu. Le taupier était reconnaissant de cette visite. Il précéda ma
tante Giron dans la salle, où la famille était réunie. Tout
le monde se leva sans changer de place. Elle passa la
revue d'un coup d'œil : les trois fils étaient rangés le long
du mur, près de la grande table de cerisier; la fille, au
fond de la chambre, essuyait une pile d'assiettes de
faïence à pois bleus; la mère, près du foyer, un pied sur
son rouet qui tournait encore, tendait une chaise à son
hôtesse; enfin, sous l'auvent de la cheminée, les cheveux
dans la fumée, penché au-dessus du chaudron de cuivre,
le père Luneau, grave comme au lutrin, tournait les rilleaux bouillants avec sa cuiller de bois.

« Salut, la compagnie, dit-elle. Tout va bien ici, les gens et les bêtes?

— Oui, madame Giron, Dieu merci! répondit le fils cadet du métayer, un grand gars qui aimait rire. Il y a seulement ma sœur, la Françoise, qui a attrapé hier un coup de soleil à la sarclée; c'est une vraie demoiselle de ville. »

Françoise, confuse, rougit en se détournant un peu, pour cacher ses joues hâlées par les soleils d'avril, qui mordent plus dur que d'autres.

« Voyez-vous ces grands fainéants, repartit ma tante Giron : le père travaille, la mère travaille, la sœur travaille, eux se croisent les bras, là, sur la table, et encore ils se moquent des autres! Il n'y a que les bonnes métayères qui ont le teint brûlé. »

Puis elle ajouta :

« Les « en air » sont-ils beaux chez vous? »

Les « en air », c'est toute semence germée, vivant dans l'air libre : les avoines, les froments, les orges, les seigles, toute la moisson future des champs.

On la renseigna, la conversation s'engagea, toute simple entre ces simples gens. Petit à petit chacun y prit part. Le père Luneau, mis en bonne humeur, ne tarissait pas. Il racontait des histoires qui tournaient sans fin, comme sa cuiller de bois. Récits sur les foires voisines, sur les familles du pays, sur la « grande guerre », qu'il n'avait pas faite, mais qu'il savait d'après des témoins vivants; c'était une litanie, comme celle qu'il accompagnait le dimanche.

Sosthène parlait peu. Il était plus taciturne ce jour-là que de coutume. Une seule chose paraissait l'occuper :

sa sœur Françoise. Il ne la quittait pas des yeux, et,
dans son regard, on devinait, on sentait une tendresse
vive et des interrogations et des remerciements, tout un
long discours qu'il lui faisait. C'est qu'entre eux, voyez-
vous, il y avait des confidences ; et l'amitié s'en était
doublée. La première, elle avait connu le secret, l'avait
bien accueilli, bien gardé. Depuis lors, combien de fois
elle avait consolé son frère, la bonne Françoise ! La
regarder, c'était donc penser à l'autre. Sosthène trouvait
même, par moments, qu'elle lui ressemblait ; de loin,
peut-être ; mais l'autre était douce à voir, même de loin !
Il pensait : Est-elle gentille, notre Françoise ! Et moi
qui, autrefois, ne m'en apercevais pas ! J'étais aveugle !
Pour elle, du coin où elle se trouvait, assise quelquefois,
plus souvent debout, toujours agissant et point songeuse
du tout, elle regardait aussi son frère, quand personne
n'y prenait garde, souriant un peu et haussant les
épaules, comme pour lui dire : Ose donc, grand Sosthène, ose donc. Il avait l'air indécis et malheureux.

Le temps passait, le rouet ronflait, la chandelle de
suif pétillait : le bras du père Luneau tournait toujours.

Il étiat 10 heures sonnées à la vieille horloge quand
les rilleaux furent cuits. On les retira. Quelques-uns des
meilleurs, tout chauds, furent mis dans une assiette et
servis sur la table. Arrosés de cidre, c'était un régal.
Tous y firent honneur, même Sosthène. Ma tante Giron
déclara que le métayer de Chanteloup s'était surpassé. Le
bonhomme suant, soufflant, faisait le modeste : il était
ravi. Ce soir-là, les déceptions municipales ne hantèrent
point son esprit.

« Les meilleures fêtes et les meilleures gens ont une fin, dit ma tante Giron en se levant. Allons, métayer, à l'an prochain. Un de vos gars me fera bien la conduite, n'est-ce pas?

— A votre service, madame Giron, répondit le père Chanteloup. Vas-y, Sosthène, l'air de la nuit ne te fait pas peur. »

Sosthène ouvrit la porte basse qui donnait accès dans le courtil, pendant que ma tante Giron distribuait quelques poignées de main autour d'elle. Tous deux furent bientôt sortis du jardin, et prirent le sentier qui coupe les prés.

En toute saison, dès que le soleil est couché, la brume couvre les terres basses, au milieu desquelles glisse sans bruit, couverte de nénuphars, la miniscule Hommée. Elle flotte en nappes épaisses, à quatre ou cinq pieds du sol, molle, blanche, coupant la ligne des arbres à la hauteur de leurs basses branches. Quand la lune monte, c'est une ouate d'argent. Si le vent s'élève, il brise cette masse floconneuse et l'emporte en lambeaux qui courent sous bois, tordus, laissant traîner comme des chevelures. Plusieurs disent que ce sont les demoiselles de l'eau qui passent, robes et cheveux au vent. Elles vont où elles veulent, franchissant les haies sans « jambayer ». Ne les arrêtez pas. N'interrompez pas ces vagabondes de la nuit. Leur secret est mauvais. Elles sont proches parentes des lavandières maudites qui battent éternellement, le long des gués déserts, les langes des nouveau-nés qu'elles ont tués. Rentrez plutôt chez vous. Ne vous mêlez pas à tous ces fantômes dont vous ignorez

Les rilleaux furent servis.

le nombre et la force et l'approche. Pour les demoiselles de l'eau cependant, si vous les rencontrez « sans qu'il y ait de votre faute », saluez-les et dites : « Demoiselles, je suis votre serviteur. » Elles vous laisseront en paix.

Ma tante Giron et le grand Sosthène les rencontrèrent, « sans qu'il y eût de leur faute, » à moins de cent mètres de Chanteloup, car il faisait une petite brise ce soir-là, et la lune, à moitié pleine, s'était mise en route dans le ciel comme une coquille ouverte posée sur la mer. Ma tante n'avait pas peur. Le grand Sosthène faisait semblant de rire; il marchait les bras ballants, lentement; un de ses pas en valait trois de ma tante Giron; mais, au fond, il n'était pas très rassuré. La nuit avait le silence profond qui se fait aux approches de minuit. C'est l'heure du grand sommeil. A peine, par intervalles, l'aboi d'un chien. Pas de chants de coq. Pas même de bruissement de feuilles : la brume amortissait tout. Rien ne montait de la terre aux étoiles; mais il descendait, des étoiles sur la terre, une lueur douce et froide qui serrait le cœur.

Ce fut seulement dans le petit chemin qui remonte vers le bourg, au delà du pont de bois, que Sosthène se décida à parler. Ma tante Giron s'était arrêtée en attendant qu'il refermât la barrière du pont.

« Madame Giron, dit le grand Sosthène, ma sœur Françoise ne vous a rien dit?

— Non, mon garçon, tu le sais bien, puisque nous avons passé la veillée ensemble.

— C'est qu'elle aurait pu vous dire quelque chose.

— Vraiment, et quoi donc?

— Vous connaissez bien la fille de la Gerbellière?

— Annette? Oui, eh bien? »

Le grand Sosthène, tout émoyé, ne put continuer. Ses jambes flageolaient. Il passait sa manche sur son front comme s'il avait eu chaud. Il allait peut-être s'enfuir, sauvage et honteux, car on ne sait de quelles impolitesses les timides sont capables, lorsque ma tante Giron, qui avait compris, l'arrêta en disant :

« Tes affaires de cœur ne s'avancent donc pas, mon grand Luneau? Que dit le père Gerbellière?

— Il serait bien porté pour moi.

— C'est donc la fille qui ne veut pas de toi?

— Ce n'est pas qu'elle ne veuille pas de moi, madame Giron, mais elle a des idées.

— Des idées, il y a bien des espèces d'idées. Ne veut-elle pas être métayère?

— Non, madame Giron, je vais vous dire : toutes les fois que je lui parle, elle me renvoie; un jour elle me dit qu'on ne saurait trop réfléchir à ces affaires-là, et l'autre qu'elle n'a pas eu le temps d'y penser.

— Bah! bah! c'est ce qui t'émoye, et te rend muet comme l'huile? Caprices de fille. Elle aime encore sa liberté mieux que toi... Le contraire viendra. »

Le grand Luneau, voyant que la confidence était bien accueillie, avait repris un peu d'assurance.

« Si ça se pouvait! répondit-il, en jetant sur ma tante Giron un coup d'œil rapide, où éclatait la joie encore anxieuse de son âme.

— Écoute, Sosthène, suis mon conseil, tu t'en trouveras bien : quitte ta tauperie. Tu sais que ce métier-là

n'est guère en honneur, qu'il court de vilains bruits sur
les taupiers. Moi, je n'en crois rien ; mais tu t'es fait tort
dans le pays. On ne comprend pas que toi, fils d'un honnête closier qui a du bien, tu t'en ailles, à toute heure du
jour et de nuit, tendre des pièges dans l'herbe. C'était
bon pour un va-nu-pieds comme le père Géromet.
Annette ne voudra jamais épouser un taupier. Prends-en
ton parti ; ou bien, promets-moi de jeter à l'eau ton sac,
tes pièges et tout ton attirail. Si tu fais ça, je parlerai au
père Gerbellière. Veux-tu?

— Madame Giron, vous pouvez m'en croire : du
jour qu'elle m'aura dit oui, moi j'aurai dit non à la tauperie.

— C'est bien, Sosthène ; et moi, je pourrai dire au
père Gerbellière : Ce n'est plus un taupier qui demande
votre fille, c'est un métayer, un bon laboureur qui gagne
honnêtement sa vie au soleil : donnez-lui Annette.

— Oui, madame Giron, oui, madame Giron, » répondait Sosthène.

Il ajouta plus bas :

« Et Annette, alors?

— Tu veux que je lui parle aussi?

— Elle revient dans deux semaines de chez la Francine.

— Eh bien, je lui parlerai. Et je lui conseillerai de
devenir la femme du grand Luneau, qui est un grand
serin, mais un bon gars au fond... Ah çà, reprit-elle au
bout d'un instant, voilà une heure que nous sommes là,
les pieds dans l'herbe. Assez causé sous la lune. En
avant! »

Sosthène, dans l'excès de son trouble, ne répondit rien. Il se mit à marcher à côté de ma tante Giron à grandes enjambées. De temps à autre, il riait tout haut, ou bien il levait les bras en l'air, ou les croisait sur sa poitrine, accentuant ainsi quelque exclamation intérieure. Ma tante Giron le regardait, moitié riant, moitié émue de cet enthousiasme naïf du grand Luneau. Quand ils furent à l'entrée du bourg :

« A revoir, Sosthène, dit-elle; je vois que tu es bien content.

— Ah! madame Giron! » répondit le grand Luneau.

Il ne trouva pas d'autre formule de remerciement.

En ce moment d'ailleurs, il ne songeait pas à remercier; car la reconnaissance est toujours en retard sur la joie : c'est un fruit d'automne chez les heureux, et qui ne mûrit pas toujours.

A peine le grand Luneau eut-il tourné les talons, qu'il se mit à marcher aussi vite qu'il le put. Ma tante Giron lui en imposait. Il avait besoin d'être seul, d'être libre. Le cœur lui sautait dans la poitrine, et, ma foi, à cent pas du bourg, il se mit à sauter, lui aussi, comme un enfant qui revient de l'école, par-dessus les ornières, par-dessus les ronces qui barraient le chemin. Les demoiselles blanches le frôlaient; il n'y prenait pas garde. En passant sur le pont, il regarda la lune dans l'eau, et la trouva jolie, pour la première fois de sa vie. L'idée lui vint de cueillir des narcisses d'eau. Il en attira tout un îlot flottant, en fit un bouquet, et tout mouillé

encore, en fleurit la poche de sa veste bleue, près du
cœur. Une chanson lui traversa l'esprit, et il chanta :

> Par derrière chez mon père,
> Il y a-t-un bois joli.
>   Le rossignol y chante
>   Et le jour et la nuit.
>   Aurai-je Nanette?
>   Je crois que non.
>   Aurai-je Nanette?
>   Je crois que oui.

En vérité, il était à moitié fou, le grand Luneau, du
bonheur d'avoir eu tant de courage, et reçu d'aussi
bonnes paroles. Jamais, non, pas même après la prise
du Trocadéro, quand il fut cité à l'ordre du jour de
l'armée française, il n'avait été si joyeux.

Tout le long des prés, il chanta; mais il cessa à bien
deux cents mètres de Chanteloup, de peur d'éveiller Françoise. Et quand il passa près du lit de la jeune fille
endormie, s'étant penché, il dit à demi-voix, comme si
elle avait pu entendre :

« Sœur Françoise, Mme Giron lui parlera! »

Il crut qu'elle souriait, et qu'elle avait compris.

XII

Ma tante Giron tint parole. Un soir qu'elle avait été
chez le meunier de la Basse-Rivière, pour recommander
qu'on blutât mieux sa farine, ayant rencontré le père
Gerbellière, elle revint avec lui, et, le long du chemin,
lui fit la commission du grand Luneau.

Le bonhomme avoua bien les qualités du prétendant,
et tomba d'accord qu'avec un peu de tauperie en moins le
parti ne serait pas mauvais. Mais à toutes les questions
que ma tante Giron lui posa sur les dispositions
d'Annette, il ne répondit rien. Quand elle voulut savoir,
par exemple, si sa fille consentirait à quitter son métier
pour devenir métayère, elle reçut simplement cette
énigme à deviner :

« Quand les filles ont une idée, et que leur père en a
une autre, qui est-ce qui doit céder, madame Giron?

— Les enfants, Gerbellière; du moins de mon temps
c'était ainsi.

— Il faut croire que tout a changé, alors. »

Et ce fut tout.

Bien que le métayer fût taciturne de nature, ma tante

s'étonna de le trouver si peu communicatif. La physionomie dure qu'il avait en parlant de sa fille, l'embarras
où le mettaient certaines demandes, la confirmèrent dans
la pensée qu'il y avait une lutte sourde entre Annette et
son père.

Elle ne se trompait pas : un dissentiment profond
les divisait. Tous deux en souffraient, et la pâleur
d'Annette et la vieillesse précoce du père Gerbellière
avaient cette souffrance pour cause. Ni l'un ni l'autre
n'étaient près de céder pourtant : elle, parce qu'elle avait
raison; lui, parce qu'il était l'entêtement même. Et la
lutte durait depuis deux ans, sans trêve comme sans éclat
public. Plusieurs avaient remarqué la brouille. Un seul
homme en connaissait le motif et l'histoire : le curé de
Marans.

Gerbellière était un de ces rudes métayers comme il
en comptait beaucoup dans sa paroisse qui, jeunes,
avaient l'air d'athlètes, et vieux, de patriarches. Haut de
six pieds, maigre de cette maigreur robuste et noueuse
que donne le travail des champs, il avait ce type
superbe, cette tête pleine d'énergie et de méditation, que
David d'Angers a rencontrés et crayonnés plus d'une fois
chez les soldats de « la grande guerre » : des yeux
enfoncés sous deux buissons de sourcils, le nez droit, les
lèvres rentrées, terminées par deux rides profondes et
les cheveux coupés au collet de la veste. Dans sa jeunesse, il avait été redouté pour la force de son bras.
A présent, on l'estimait pour sa longue probité. Sa
parole valait de l'or. La race, croyante depuis vingt générations, était bien vue dans le Craonais.

Elle y jouissait même d'une gloire à part. Car le métayer de la Gerbellière, qui s'appelait Jean, avait eu un frère, Nicolas, un héros et un saint, le plus beau chouan de la région. Tous deux s'étaient levés des premiers, au commencement de 1793. Jean s'était bien battu, mais l'autre avait été sublime.

Tout le monde connaît cette sanglante affaire de la Croix-Bataille, où quarante-cinq mille républicains, commandés par Léchelle, furent défaits par La Rochejaquelein, perdirent vingt-deux canons et toutes leurs provisions. Le gros des fuyards avait gagné Château-Gontier, et La Rochejaquelein les poursuivait avec cinq ou six mille hommes. Arrivé devant la ville, il l'attaqua de plusieurs côtés à la fois. La plus chaude action s'engagea à la *porte de Craon,* que défendaient les grenadiers bleus.

Nicolas se trouvait là. Il se battait depuis le matin. Le bas de sa redingote, disait son frère, ressemblait à un carrelet à poissons, tant les balles l'avaient troué. Arrivé le premier, il s'était embusqué juste derrière la porte, et, à travers les fentes que le canon avait faites aux planches, tirait à bout portant sur l'ennemi. Après chaque coup, il se retirait pour charger dans l'angle du mur. Mais le jeu était dangereux; car, de l'autre côté, un grenadier bleu l'épiait, et lui répondait. Ces deux hommes s'acharnèrent bientôt à ce duel terrible. Noirs de poudre, les vêtements brûlés, ils se provoquaient, se cherchaient, se visaient quelquefois par la même meurtrière; chacun d'eux n'avait plus qu'une pensée : tuer l'autre. Ils luttèrent ainsi plus d'une demi-heure sans s'atteindre. La ville était déjà prise qu'ils luttaient encore. Un dernier coup de feu perça le ventre du grenadier, qui tomba à la renverse.

Aussitôt, Nicolas fit le tour par la brèche, et s'approcha du blessé.

Toute sa colère s'était dissipée. Devant ce brave qu'il avait tué, une pitié mêlée d'admiration lui remplit l'âme.

« C'est toi qui t'es si bravement battu? Mon pauvre ami, pour quelle mauvaise cause tu as donné ta vie! »

Le soldat se releva sur un coude, et, farouche, cria :

« Vive la République! »

Alors Nicolas se baissa, et l'embrassa.

« Je ne veux pas que tu meures ainsi, dans la haine de ton Dieu. Tu as été baptisé. Repens-toi, mon ami; confesse-toi; que je te retrouve un jour dans le paradis où vont les braves comme nous. »

Et, soulevant le blessé, il le porta plus loin, sous un arbre qu'il y avait là; et chemin faisant il lui disait :

« Vois-tu, j'ai tant de peine de t'avoir tué! Je voudrais mourir à ta place. »

Puis il demanda à ses camarades d'apporter un matelas et d'aller chercher un prêtre. Pendant qu'ils y allaient, il lavait la plaie béante du mourant, et l'exhortait doucement, en l'appelant son frère et son ami, tellement que le républicain, vaincu par cette charité, l'entoura de ses bras, et dit :

« Je n'ai jamais rencontré d'homme aussi bon que toi. Je ferai ce que tu veux pour te retrouver. »

Il se confessa, en effet, et mourut la tête appuyée sur
la poitrine du chouan.

Deux jours après, Nicolas mourait à son tour,

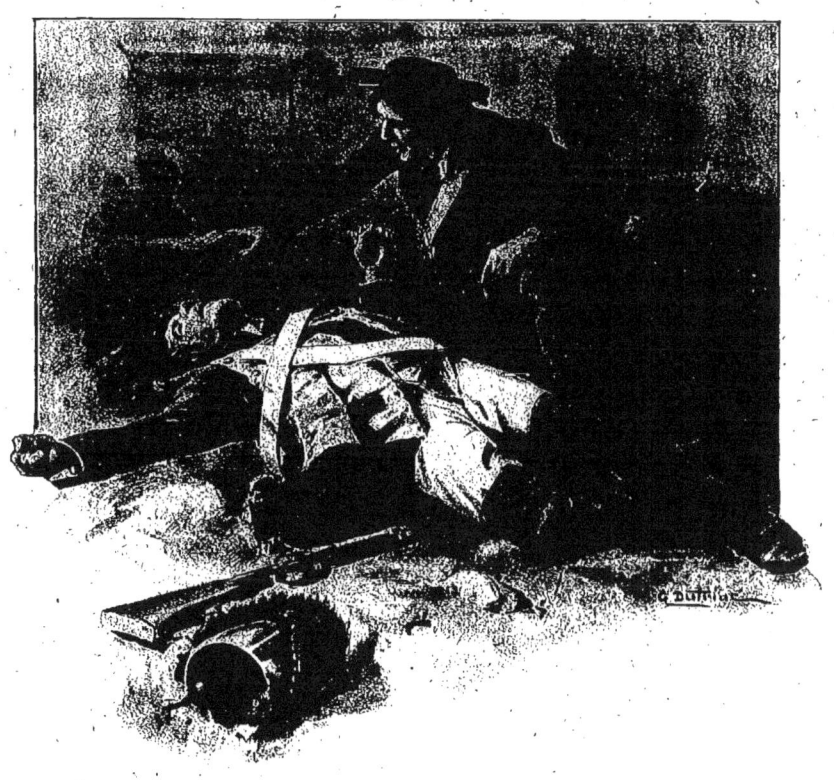

Nicolas s'approcha du grenadier blessé.

victime de sa témérité, frappé par un boulet de l'armée
royaliste, au milieu des bleus qu'il poursuivait.

« Laisse-moi là, dit-il à son frère Jean, qui voulait
l'emporter dans une ferme : tu n'aurais pas le temps.
Seulement écoute bien. »

Il recueillit ses forces, et ajouta ces mots qui furent son dernier soupir :

« J'offre le sacrifice de ma vie pour que de ta race il naisse un prêtre. »

Le vœu de ce vaillant avait été exaucé. Le fils de Jean, Rémy, s'était fait prêtre, et, soldat d'avant-garde comme son oncle, était parti, à vingt-cinq ans, pour les missions de Corée. Le coup avait été rude pour Gerbellière. Il lui en avait coûté beaucoup de se séparer de ce fils unique, sur qui reposait l'avenir de la ferme, et je ne sais quelle amertume lui en était restée au fond du cœur. Il n'en parlait jamais qu'il n'y fût amené, et quand Annette, encore petite, lisait devant la famille assemblée les lettres qui, de temps à autre, arrivaient du fond de l'Orient, il manquait rarement de dire, la lecture terminée :

« Rémy n'est plus là, ma fille, Dieu l'a pris. Je ne m'en plains pas. Mais je vieillis, et j'ai besoin d'un remplaçant, il faudrait te marier de bonne heure. »

Annette était devenue grande. Un premier parti s'était offert pour elle : elle l'avait repoussé. Elle acceptera le prochain, avait pensé Gerbellière. Un second prétendant avait eu le même sort, puis un troisième encore. Les jeunes gars de la paroisse, quêtant fortune ailleurs, ne l'avaient plus demandée.

Le père cherchait avec inquiétude quelle pensée secrète sa fille lui cachait. Il l'apprit un jour. Annette lui déclara qu'elle désirait entrer au couvent. Alors un mauvais sentiment s'empara de lui. La mère n'était plus là pour calmer et ramener à la raison la nature emportée du

métayer. Il éclata en reproches contre ce qu'il appelait
l'ingratitude de sa fille, l'accusa d'abandonner sa vieillesse, et lui signifia que jamais elle n'aurait son consentement.

A partir de ce jour, la vie fut insupportable pour
Annette, à la Gerbellière. Son père, à la moindre occasion, donnait cours à une violente irritation, que la douceur inflexible de la jeune fille ne faisait qu'exaspérer.
Pour échapper à cette situation, elle avait demandé à
entrer en apprentissage chez maîtresse Guimier, et le
père avait espéré, en le lui permettant, que le goût du
métier lui viendrait, et la ferait renoncer au couvent. De
la sorte, pendant un an, absente tout le jour, ne rentrant
à la ferme qu'après le coucher du soleil, elle avait eu la
paix. Le grand Luneau était venu rompre cette trêve.

Le parti n'était pas, sans doute, aussi beau que ceux
qu'Annette avait déjà refusés. Mais Gerbellière, qui
vieillissait rapidement, irrité d'ailleurs de la longue
résistance de sa fille, fit bon accueil à la demande de
Sosthène.

Annette, au lieu de répondre non, avait cherché à
gagner du temps.

« Laissez-moi aller passer six mois à Pouancé pour
me finir dans mon métier, avait-elle dit. Après, nous en
reparlerons. »

Elle espérait, à son tour, que six mois changeraient
quelque chose aux résolutions de son père. Hélas! ces
six mois avaient passé comme un jour heureux; la dernière heure en était sonnée : il fallait revenir à la Gerbellière.

Ce fut un chagrin très vif pour la jeune fille de quitter la petite maison de Pouancé où elle avait reçu une si tendre hospitalité, sa tante et ses cousines, depuis longtemps averties et complices, le couvent où chaque matin elle allait prier et chercher la force.

Elle arriva un samedi vers midi à Marans, par la voiture du messager. Un peu avant d'atteindre la Gerbellière, elle aperçut un attelage de bœufs qu'elle connaissait bien, immobile au bout d'un champ, et un homme assis sur la charrue.

« Voilà le père, dit-elle, je vais descendre. »

Le messager arrêta sa charrette, Annette sauta à terre, paya, remercia, et passa l'échalier Elle allait lentement, endimanchée, par la voyette du champ, inquiète de paraître devant son père et cependant contente de le revoir. Tout le long de la haie, les chatons de saule étaient déjà duvetés. Les mésanges, qui font nid de bonne heure, pendues aux branches, arrachaient la soie fine pour la couvée à venir, et ne s'envolaient pas quand Annette passait près d'elles, droite, regardant devant elle si le vieux métayer l'avait vue. Mais il ne la voyait pas, et, les yeux fixés sur la terre de son champ qui fumait, fraîchement ouverte, suivait quelque rêve triste. Quand elle fut à quelques pas de lui :

« Bonjour, mon père, » dit-elle.

Il se redressa avec effort, sans se lever. Un éclair de joie et de fierté traversa son regard, quand il reconnut sa fille. Il lui trouva jolie mine et comme un air de demoiselle qui le flatta. Mais bientôt il reprit son expression chagrine.

« Bonjour, répondit-il. Tu as l'air plus vaillante qu'en
partant.

— Oui, père.

— Ma sœur et les nièces vont bien ?

— Très bien. Elles viendront peut-être à la Saint-
Martin.

— Tant mieux. Va te dévêtir et retrouver ta que-
nouille. Tu ne seras pas de trop chez nous. Les deux
métiviers s'en vont ce soir, et je n'en ai pas encore
embauché d'autres. »

Il parlait doucement, sans ce tremblement qu'il avait
quand il commandait, et ses bœufs, ne reconnaissant pas
sa grosse voix de labour, rangés à l'ombre des pommiers, happaient quelques feuilles aux haies, et son-
geaient : Ce n'est pas pour nous.

La jeune fille reprit la voyette. Ses craintes s'étaient
presque dissipées. La question qu'elle redoutait, il ne
l'avait pas faite. Peut-être la lumière s'était levée en lui.
Qui sait ? Pour changer les cœurs, il faut si peu de chose
et si peu de temps ; et tant de choses arrivent dans six
mois ! Elle était tout entière, à présent, à la joie du
retour. L'enfant reparut en elle, et elle rentra en faisant
le tour de la ferme, pour surprendre sa sœur Marie.

XIII

Avant le souper, le père Gerbellière se rendit au bourg. Il allait prendre un soc de charrue chez le maréchal-ferrant et payer ses deux métiviers, auxquels il avait donné rendez-vous à l'auberge du *Pigeon-Blanc*. Il devait en effet, ce soir-là, recevoir une somme assez ronde du charron, pour les chênes qu'il lui avait vendus.

Quand il eut passé chez le maréchal et chez le charron, il entra à l'auberge. Les deux hommes l'y attendaient. Sur le banc, près d'eux, ils avaient déposé leurs bâtons au bout desquels, nouées dans un mouchoir, ils emportaient leurs maigres hardes. Le père Gerbellière fit servir une bouteille de vin blanc, causa dix minutes de sujets absolument étrangers au règlement des comptes. A la dernière trinquée seulement et en portant le verre à ses lèvres, il dit :

« Nous sommes venus pour compter. Il vous est dû six mois, soit quinze pistoles à chacun. C'est bien de l'argent. Mais ce qui est convenu est convenu : le voilà. »

Il atteignit sa bourse en filet, et, sur la table, aligna trois cents pièces de cent sous.

Les journaliers le regardaient faire en silence.

Quand il eut, d'un dernier coup de pouce, fait sonner, sur l'épaisse planche de cerisier rouge, la dernière pièce blanche, l'un d'eux dit, sans lever les yeux :

« Le compte n'y est pas.

— Tu peux compter toi-même; trente pistoles, quinze chacun, elles y sont.

— Non, c'est trente-deux pistoles qu'il nous faut. »

Le métayer haussa les épaules.

« Trente-deux pistoles! dit-il en s'animant. Si je les avais promises, je les donnerais; car, Dieu merci, je suis connu dans le pays pour bon payeur. Mais je n'ai jamais promis tant d'argent. Trente-deux pistoles! seize pour une métive d'hiver! Ça ne serait pas la peine de cultiver la terre, s'il fallait payer des journaliers ce prix-là; sans parler du lard que, quatre fois la semaine, je vous ai donné, et de la millière aux fêtes. Vous gagnez plus qu'un métayer, en vérité, vous qui ne supportez ni les orages qui versent le froment, ni les grands chauds qui le dessèchent, et qui ne perdez rien, quand je perds un bœuf d'un coup de sang! Trente-deux pistoles! Vous savez que je n'aime pas qu'on se moque de moi, les valets!

— Ni nous non plus, dirent ensemble les deux journaliers, échauffés par le vin qu'ils avaient bu en attendant le métayer. Nous ne demandons que notre dû. »

Le père Gerbellière sentit le rouge lui monter au visage. Plus jeune, il se serait peut-être battu avec ces

A droite et à gauche, les deux métiviers arrivaient sur lui.

effrontés menteurs. Mais le sentiment de sa dignité le
retint. Il les regarda avec une expression dure et mépri-
sante.

« Je n'ai qu'une parole, vous le savez, dit-il. Voilà
votre compte. Vous n'aurez pas un liard de plus, mauvais
gars. »

Il se leva, prit son chapeau à grands bords, son soc
de charrue qu'il avait déposé près de la porte, et sortit
sans prendre garde aux injures et aux menaces qu'ils
proféraient contre lui.

Il était nuit. La lune montait, énorme et rouge, entre
les arbres. Le vieux Gerbellière, son soc sur l'épaule,
s'engagea dans le chemin vert, profondément encaissé,
qui conduisait à la ferme. Il maugréait intérieurement
contre la difficulté qu'il y a de trouver de bons servi-
teurs, et se hâtait un peu, sachant qu'on devait l'attendre
là-bas pour le souper.

Près de la ferme de la Maletière, il remarqua que le
vesceau était beau, et un peu plus loin, qu'il faisait une
nuit claire, et qu'il allait geler. En montant le petit rai-
dillon qui se trouve à mi-chemin entre la Maletière et la
Gerbellière, il entendit des pas derrière lui. Il n'était pas
peureux, mais il aimait à se rendre compte des choses.
Il se retourna, et reconnut les deux métiviers qui cherchaient à le rejoindre. Puis il se remit en marche de son
même pas tranquille dont il suivait depuis cinquante ans
sa charrue. Seulement, du coin de l'œil, il observait le
talus de droite, pour y voir à temps l'ombre de ceux qui
le suivaient.

Les deux hommes se rapprochèrent rapidement. Tout

à coup l'un d'eux dépassa Gerbellière. Celui-ci fit un
demi-tour, et se jeta le long du talus. Il était cerné.
A droite et à gauche, les deux métiviers arrivaient sur
lui.

« Donne-nous notre compte ! criaient-ils en le mena-
çant de leurs bâtons.

— Je vas vous le donner, lâches ! » répondit le vieux
chouan.

Il para les premières attaques avec son soc de charrue, et, le faisant tourner au bout de son bras, s'élança
sur l'homme qui l'avait dépassé dans le chemin. La
lourde masse de fer, sifflant dans l'air, allait s'abattre et
tuer l'un de ses agresseurs avant qu'il eût pu se mettre
en garde, quand l'autre asséna un coup violent sur le
bras de Gerbellière. Le métayer poussa un cri de douleur. Le soc lui échappa de la main, et alla s'enfoncer,
comme un coin, dans la terre. Le vieux était désarmé.
Ses deux adversaires se précipitèrent sur lui, le bâton
levé.

Avant qu'ils l'eussent atteint, il se fit un grand bruit
dans la haie au-dessus du chemin, et, pêle-mêle avec des
branches mortes et un tourbillon de feuilles, une masse
noire tomba entre eux et Gerbellière. En même temps,
un cri retentit :

« Arrière, les faillis gars ! »

Mais les bâtons étaient lancés. Ils s'abattirent lourde-
ment sur la tête du nouveau venu. Elle rendit un son
mat, et les deux métiviers crurent qu'elle changeait de
forme. Ils se reculèrent pour voir à quel être ils avaient
affaire. Un tremblement les saisit : devant eux, debout,

un corps d'homme, avec une tête énorme, grosse comme
un boisseau, noire, aplatie aux oreilles, où l'on ne dis-
tinguait ni yeux, ni nez, ni bouche; au bout de ses bras,
en guise de mains, deux crochets doubles couleur de
suie. Et cela sauta à quatre pieds en l'air, et cela courut
sur le métivier le plus rapproché, les deux crochets en
avant, et cela criait :

« Attendez-moi ! »

Ils n'attendirent ni l'un ni l'autre; mais, fous de
peur, laissant à terre leurs bâtons, les deux hommes
s'enfuirent, sautèrent la première barrière pour se
dérober à la poursuite de leur ennemi, traversèrent en
courant des champs, des prés, des fossés, des talus,
sans oser se retourner, et ne s'arrêtèrent que bien loin.

Pourtant leur ennemi ne les poursuivait pas. Dès
qu'il les eut perdus de vue, il revint vers le père Gerbellière, qui n'était pas, quoique sauvé, très rassuré. Il
enleva le mannequin d'osier qui lui couvrait la tête, jeta
dedans les deux pièges à taupes qu'il tenait à la main, et
dit tranquillement :

« C'est moi, le grand Luneau. »

Le père Gerbellière, doublement joyeux, et d'avoir
évité un mauvais coup et de le devoir à un être humain,
sauta au cou du taupier avec un attendrissement rare
chez lui :

« Ah! mon gars, dit-il, tu me sauves la vie! Comment ne t'ont-ils pas tué?

— Moi, me tuer? J'en ai vu d'autres; j'avais mis
mon casque.

— Ton panier à taupes?

— Oui donc ; ils ont tapé dur dessus ; je l'avais mis en bonnet de police, ils me l'ont mis en chapeau de gendarme,

— Je ne te demande pas ce que tu faisais par ici, dit le bonhomme à voix plus basse ; chacun a ses affaires ; mais c'est bien heureux tout de même que tu te sois trouvé au proche.

— Moi ? Je revenais de la petite Jonquière.

— Suffit, suffit, je ne te le demande pas. Tu es un bon gars, Luneau, et je te revaudrai cela.

— Vous savez bien ce que je demande, » répondit le jeune homme, en remettant son panier sur ses épaules.

Le vieux Gerbellière fronça le sourcil, et se tut quelques instants.

« Foi de Gerbellière, tu l'auras, dit-il ensuite ; seulement, il faudra encore espérer un peu de temps.

— J'ai de la patience assez, répondit le grand Luneau. Allons, venez que je vous reconduise jusque chez vous. Ces faillis gars sont loin, mais c'est pour le plaisir de faire route ensemble. »

Ils suivirent le chemin creux, et se séparèrent à la barrière de la Gerbellière. Le métayer, un peu honteux de cette aventure dans laquelle il n'avait point eu le dessus, lui qui n'avait pas craint deux hommes dans sa jeunesse, fit promettre à Luneau de n'en point parler. Lui-même n'en souffla mot. Mais il demeura soucieux plus d'une semaine.

Pendant ce temps-là, Annette travaillait joyeusement. Quelques jours après son arrivée, son père lui avait dit :

« Si tu veux me faire plaisir, Annette, tu laisseras tes fers et tes ciseaux pour cet été, et tu nous aideras aux champs.

— Oui, père. »

Il n'avait rien ajouté. La question redoutée n'était pas venue. Annette espérait beaucoup.

XIV

Il était 8 heures du matin. Le galop d'un cheval, dans la cour de la Cerisaie, fit aboyer le chien, glousser les dindons et paraître deux femmes aux portes.

« La Framboise! s'écria la fille de basse-cour.

— Oh! dit Mlle de Seigny, ce pauvre Cab! »

C'était en effet le piqueur du baron Jacques, monté sur Cab qui boitait toujours. Il sauta à terre, et, tenant son cheval par la bride, s'avança vers la jeune fille. Une lettre sortait à demi de la poche de sa veste de velours. Il la prit et la tendit à Marthe.

Marthe se pencha, regarda.

« La lettre est pour ma tante, dit-elle. Berthe, allez prévenir ma tante : elle est à la laiterie. »

La Framboise examinait soigneusement les bâtiments de cette Cerisaie, le seul château qu'il ne connût pas dans un rayon de quinze lieues autour de Marans : les toits longs des servitudes, aux ardoises moussues que la joubarde fleurissait sur les bords, la cour mal pavée, où des vols de pigeons, des bandes de canards et de dindes se promenaient au milieu de véritables buissons de mauve, une tête d'homme ou de femme apparaissant à

droite où à gauche, par une fenêtre basse, par une lucarne
de grenier, et disparaissant presque aussitôt. Il y avait
de vagues chuchotements derrière les portes.

« On ne voit guère de monde ici, pensait la Framboise. Ils ont l'air tout ébaubi. »

Il jetait aussi de temps en temps un coup d'œil sur
la jeune châtelaine, ayant entendu dire, dans le pays,
que son maître ferait bien de l'épouser. Et vraiment il
approuvait le choix, et se disait mentalement :

S'ils se marient tous les deux, la Framboise restera
à leur service.

« Toujours boiteux, ce pauvre Cab? demanda Marthe.

— Oui, mademoiselle, pour la vie, et monsieur me
l'a donné. Il en acheté un autre qu'il appelle d'un drôle
de nom, Fre... Fri... non, Fragonard.

— Ah! vraiment! fit-elle, Fragonard?

— Mademoiselle trouve ce nom-là joli : je le vois
bien. Moi, j'aime mieux Cab. Quelle bonne bête, et quel
dommage qu'elle soit boiteuse! Je ne comprends guère
M. le baron.

— Pourquoi donc, la Framboise?

— Les premiers jours, monsieur paraissait triste de
l'accident; je comprenais ça, car je l'étais aussi. Eh bien,
ce matin, comme je sellais Cab, dans l'écurie, il m'a dit :

« — Tu vois bien que Cab ne guérira jamais.

« — M'est avis, en effet, monsieur Jacques.

« — On m'en offrirait mille écus, que je ne le ven-
drais pas.

« — Oh! monsieur Jacques, il n'y a guère de chance
qu'on vous en offre ce prix-là.

« — Tu n'as pas idée, François, — monsieur m'appelle François chez nous, — combien je suis content que cet accident soit arrivé. Je l'aime mieux qu'avant, ce pauvre Cab. »

« Moi, mademoiselle, je ne comprends pas M. le baron; car enfin, un cheval boiteux... »

Elle comprenait bien, elle, la petite Marthe de Seigny, et si Mlle d'Houllins n'était venu l'interrompre, elle eût certainement continué la conversation avec le naïf la Framboise.

« Vous avez une lettre pour moi? dit la vieille demoiselle, qui arrivait en trottant d'une allure de chatte maigre.

— Voici, mademoiselle.

— De votre maître, ajouta-t-elle dans les notes hautes de sa voix, de M. le baron de Lucé... C'est bien de l'honneur qu'il me fait; attendez là. »

Elle se faufila dans le corridor, en passant à côté de Marthe, qui, demeurée sur le seuil, appela la fille de basse-cour :

« Victoire, dit-elle, vous donnerez un verre de cidre à la Framboise et un picotin à Cab. »

Puis elle alla retrouver sa tante.

Mlle d'Houllins arpentait le salon, la lettre à la main. Ses doigts froissaient le papier. Par-dessous ses lunettes, elle y jetait des regards peu tendres, et ses lèvres pincées marmottaient quelque chose d'inintelligible. Après avoir fait deux ou trois tours, sans paraître s'apercevoir que Marthe était là, elle s'arrêta devant elle, et croisant les bras :

« Croirais-tu que ce jouvenceau a eu l'audace de

m'envoyer une invitation? Tiens, lis, ma chère, lis : le billet n'est pas long. »

La jeune fille prit la lettre des mains de sa tante, et lut ceci :

« La Basse-Rivière, 3 juin.

« Le baron de Lucé fera pêcher demain dans la *Fosse aux Perches*. Il serait heureux si mademoiselle d'Houllins, au double titre de voisine et de riveraine, voulait lui faire l'honneur d'assister à la pêche. »

Mlle d'Houllins se trouvait fort embarrassée. Elle gardait encore rancune à son voisin du ridicule qu'elle s'était elle-même attiré par sa conduite envers lui, suivant l'usage ordinaire, qui est d'en vouloir à autrui des sottises qu'on commet soi-même. Un peu trop jeune pour apprécier à sa valeur la merveilleuse recette du silence, Jacques de Lucé ne s'était pas fait faute de raconter sa première visite à Mlle d'Houllins. L'histoire avait eu du succès. Bubusse était devenu légendaire, et le lièvre, cause innocente de tant de bruit, coup de fusil, querelle et procès, courait encore de temps en temps dans les conversations des châtelains des environs.

Mlle d'Houllins savait tout cela. L'éclat de rire moqueur qu'elle avait provoqué bourdonnait encore à ses oreilles. Aller à la Basse-Rivière sans avoir reçu d'excuses, se retrouver face à face avec Jacques de Lucé, et chez lui, elle ne pouvait s'y résoudre. D'un autre côté, refuser une invitation, prolonger la crise, c'était maladroit : elle le sentait.

Marthe se trouvait prise pour arbitre.

Avec cet instinct diplomatique dont les femmes sont

« Toujours boiteux, ce pauvre Cab? » demanda Marthe.

douées dès leur enfance, et qui est cause de tant de mer-veilleux dénouements autour d'elles, la jeune fille avait deviné le problème à résoudre, et tenait déjà la solution.

« Eh bien, ma tante, fit-elle d'un ton indifférent, c'est une avance.

— Une avance bien légère, après son inqualifiable conduite !

12

— Comment voulez-vous qu'il fasse mieux? Il n'aura pas osé venir lui-même ici, de crainte de vous paraître audacieux. Il vous écrit. L'attention est aimable; les termes sont très polis : vraiment, cette lettre ne peut vous offenser.

— Elle ne m'offense pas non plus. Mais l'invitation est inacceptable : me rendre seule chez lui, c'est au-dessus de mes forces; m'y rendre avec toi, c'est impossible. »

Marthe resta quelques temps silencieuse, relisant la lettre qu'elle savait par cœur. Puis elle dit :

« Aller chez lui, peut-être...; mais il y aurait un moyen.

— Et quel moyen trouvez-vous donc dans votre petite tête, mademoiselle, puisque moi je n'en ai pas trouvé?

— Voyez, ma tante... M. de Lucé vous traite de voisine et de riveraine. Eh bien, comme riveraine...

— Tiens! tiens! accepter comme riveraine? Assister à la pêche sur nos terres et sans fouler les siennes? Voilà une idée.

— Il me semble, en effet, que cela concilie tout.

— Oui, vraiment; une vraie trouvaille que tu as faite là.

— C'est pour une heure, ma tante.

— Puisque nous serons chez nous, je t'emmène, petite. Seule, je m'ennuierais trop.

— Comme vous voudrez, » répondit Marthe négligemment.

La partie était gagnée.

Mlle d'Houllins traça les lignes suivantes sur une feuille bleue, qui portait sa date antique sur les rebords fanés que le temps fait au papier :

« Mademoiselle d'Houllins, au double titre de voisine et de riveraine, remercie monsieur de Lucé de l'avoir prévenue de la pêche qui aura lieu dans la *Fosse aux Perches*, cette après-midi. Elle y assistera dans le pré des Olivettes, qui appartient à sa nièce. »

La Framboise repartit avec cette réponse, dont la vieille demoiselle était si satisfaite, qu'elle fut d'une humeur presque égale de 9 heures à midi.

Quand midi sonna, elle alla s'apprêter en maugréant. Depuis dix minutes déjà, on entendait Marthe qui chantait à sa fenêtre, prête à partir.

Pour ne pas déchirer, l'une, sa jolie robe mauve, l'autre sa robe de tartan noir, aux échaliers des champs, Marthe et sa tante prirent le chemin de Marans. Elles traversèrent le bourg et arrivèrent à 1 heure au pré des Olivettes. A la barrière, elles trouvèrent Jacques de Lucé. Mlle d'Houllins fit un pas en arrière. Il s'inclina, et lui dit avec cette courtoisie de bonne humeur dont il ne se départait que bien rarement :

« Je vous remercie vivement, mademoiselle, d'avoir accepté mon invitation. J'ai peur seulement que la pêche ne vous intéresse guère. Nous vous avons attendue pour la commencer. Vous serez très bien pour la voir du bout des Olivettes ; mais comme il y a plusieurs petits fossés dans votre pré, et que l'herbe est haute, voulez-vous me permettre de vous donner le bras?

— Volontiers, » dit-elle.

Ils passèrent devant, et dans le court trajet qu'ils firent ensemble, le baron et Mlle d'Houllins, réconciliés, causèrent de vingt sujets. M. de Lucé promit notamment à sa voisine d'opérer un certain échange de terres auquel elle tenait beaucoup. Au bout du champ, Mlle d'Houllins était aussi radieuse qu'elle pouvait l'être.

« A revoir, mon voisin, dit-elle au jeune homme, qui prenait congé d'elle pour aller retrouver les pêcheurs.

— A bientôt, mademoiselle. »

Puis, s'inclinant devant Marthe, il alla rejoindre sur l'autre bord de la rivière, un peu en aval, plusieurs voisins et voisines, également invités, et qui, n'entretenant que de rares relations avec la Cerisaie, se contentèrent d'un salut et de quelques mots de bienvenue à l'adresse de Mlle d'Houllins et de sa nièce. Près d'eux, causaient et riaient quinze gars du pays, vêtus de leurs plus vieux habits, chaussés de sabots, et armés, la plupart, de longues perches terminées par un marteau de bois, en langue locale, des *ribots*. Cinq seulement ne portaient pas de bâton, et tenaient un de ces larges filets en forme de poche, montés sur un demi-cercle de bois et traversés par un manche, que l'Académie nomme *troubles*, et que dans le dialecte populaire on appelle *bâches*.

La petite rivière avait été barrée à cinq cents mètres environ de l'écluse, la vanne ouverte, et la plus grande partie de l'eau s'était écoulée. Il restait seulement des

Chaque fois qu'une trouble se relevait, c'étaient dix, vingt, trente gardons
frétillant dans la poche.

fosses plus ou moins profondes, une succession d'étangs séparés par des chaussées de vase. La chaleur était extrême. L'air embrasé dansait au-dessus du sol fendu en mille endroits. On sentait un orage en formation. Sur les berges, les feuilles de nénuphar et les roseaux, demeurés à sec depuis le matin, se fanaient et se tordaient déjà sous l'action du soleil. On y pouvait suivre de l'œil, dans la boue encore molle, de longues raies se croisant en tous sens, qui indiquaient les pérégrinations nocturnes des anguilles surprises par la baisse rapide de l'eau. Des fagots pourris, apportés par les crues d'hiver, des racines d'arbres enchevêtrées, d'où sortaient d'énormes gerbes d'herbes fluviales, tapissaient, çà et là, le fond des fosses : obstacles à la pêche, écueils où se déchirent les filets, où les lignes se mêlent et cassent, mais retraites sûres pour le poisson. Rien n'annonçait cependant qu'il y en eût là, pas une ride sur l'eau, pas un remous : tout semblait mort.

Les quinze gars de Marans combinaient entre eux l'attaque, et ne doutaient pas du succès.

« Nous commençons par l'écluse, cria le baron Jacques, du bout du pré. A moi, mes amis, et en avant ! »

Deux minutes plus tard, les pêcheurs se mirent à l'eau. Les bâcheurs tendirent leurs troubles à l'entrée des cavernes formées par les racines, dans les endroits profonds et remplis d'herbes, tandis que les riboteurs, postés deux à deux à droite et à gauche, frappant l'eau, fouillant la vase, épouvantaient le poisson et le poussaient dans le filet. Au premier bruit, plusieurs bro-

chets, des perchaudes au corps zébré, aux nageoires
rouges, s'étaient élancés hors de la fosse, et, remontant
le mince filet d'eau qui la reliait à la fosse voisine,
avaient provisoirement échappé. Mais combien d'autres
n'échappaient pas! Chaque fois qu'une trouble se relevait,
c'était dix, vingt, trente gardons frétillant dans la poche,
des brèmes vertes, des brochetons, une anguille qui
cherchait à forcer les mailles avec son museau, parfois
une carpe ou une perche et des goujons à la douzaine.
Des cris de joie partaient de la prairie, car les enfants
du bourg étaient accourus en masse, et quand les
bâcheurs, d'un tour de leurs bras noirs de vase, lançaient
en l'air les poissons qui retombaient sur la rive, épar-
pillés, les écoliers courant, sautant, criant, les ramas-
saient et les jetaient, morts ou vivants, dans les baquets
pleins d'eau. De temps à autre seulement, quand une
grosse pièce avait été prise, un des pêcheurs, la tenant
par les ouïes, sortait de la rivière, et, tout fier, tout
rouge, traînant à ses sabots des rubans d'herbe boueux,
allait la mettre lui-même en lieu sûr.

Quand la première fosse eut été complètement
explorée, on passa à la seconde. La chaleur était intolérable sur les bords de la rivière, dénudés en cet
endroit. Quelques-uns des invités se rapprochèrent du
château. Le baron Jacques quitta aussi le lieu de la
pêche, et remonta lentement le cours de l'eau, sous prétexte d'inspecter le barrage et de s'assurer qu'il était bien
étanche. Les arbres groupés des deux côtés de la
rivière, près du pré des Olivettes, l'attiraient, et plus
encore l'aimable Marthe, qui se reposait à leur ombre.

Elle regardait en bas, lui regardait en haut.

Le pré des Olivettes avait la forme d'un triangle. Une de ses pointes touchait la rivière, qui tournait autour de cette pointe devenue presqu'île. Des aulnes d'une belle venue, un chêne, des noisetiers sauvages, formaient un bosquet naturel dans cette partie du pré, et comme l'autre bord était également boisé, les branches se rejoignaient au-dessus du ruisseau. On eût dit que l'eau courait dans une charmille. Elle était en cet endroit plus transparente qu'ailleurs : peut-être à cause des bancs de roseaux qui s'étendaient en amont et la filtraient au passage ; peut-être à cause du lit de feuilles et de mousse qui tapissait le fond. Toute la verdure des bords s'y reflétait, depuis les petites graminées jusqu'aux chênes. On y voyait passer les oiseaux qui volaient dans les arbres. Au moindre souffle, toute la voûte verte s'y balançait sans que la surface fut même ridée : le vent n'atteignait pas là. C'était une retraite charmante, qui portait à la rêverie.

Et Marthe y rêvait. Pendant que sa tante d'Houllins s'asseyait à trente pas en arrière, le long de la haie, et, vaincue par la chaleur, peut-être aussi par le livre qu'elle tenait sur ses genoux, s'abandonnait au sommeil, la jeune fille avait cherché un endroit commode d'où elle pût suivre de loin la pêche sans s'exposer au soleil, l'avait trouvé à la pointe des Olivettes, et s'était posée là sur le tronc d'un aulne abattu.

Nous venons de dire qu'elle y rêvait. A qui? Sans doute un peu à ce jeune voisin qui, dans le même instant, s'approchait sur l'autre rive du ruisseau. L'avait-elle vu? Avait-elle deviné son approche au froissement des

herbes, à la fuite effarouchée d'un martin-pêcheur qui
s'était perché, tout bleu et or, en face d'elle? Elle avait
l'air très candide; le sourire d'une pensée intime et tranquille plissait très finement sa bouche et ses yeux bleus.
Sa main droite tenait une ombrelle, et sa gauche retombait négligemment au niveau des herbes du pré, qu'elle
tourmentait.

Jacques la voyait. Il avait pris une allure délibérée,
levait la tête, regardait la rivière, s'arrêtait et se retournait pour n'avoir pas l'air de venir surprendre la jeune
fille; mais son pas était d'un brigand; il en étouffait le
bruit avec le soin le plus scélérat, marchait volontaire-
ment sur les touffes épaisses de ce trèfle appelé *mignon-
nette*, qui sont communes dans les prés, évitait les nids
de feuilles mortes, et jetait fréquemment un coup d'œil
entre deux arbres, pour voir s'il était découvert. Idée
d'amoureux : approcher sans être reconnu, la considérer
un instant dans son attitude naturelle et reposée, lire
peut-être sur son visage le mot qu'il y cherchait, se
montrer, jouir de la surprise et s'excuser d'être venu si
étourdiment interrompre ses méditations, tel était le
projet.

Il réussissait à souhait, Mlle de Seigny ne levait pas
les yeux. Jacques de Lucé parvint jusqu'en face du pré
des Olivettes, et se tint debout entre deux souches cou-
vertes de lierre. Elle était là tout près. Il la regardait,
ému doucement, prêt à la saluer d'un bonjour amical.
Elle ne bougea pas.

« Est-ce étrange, pensa-t-il, qu'elle ne m'ait pas
vu! »

Il étendit les bras, et, se retenant aux troncs des
arbres, se pencha au-dessus de l'eau, espérant que ce
mouvement éveillerait l'attention de la jeune fille. Elle
demeura immobile.

Mais les premières gouttes d'une pluie d'orage commencèrent à tomber. L'une d'elles, perçant le feuillage,
heurta la surface de l'eau, et rejaillit. Instinctivement,
Jacques l'avait suivie des yeux. Le petit lac, un instant
ridé, reprenait déjà son calme. Le jeune homme s'aperçut
alors que son image se projetait jusqu'au milieu du ruisseau, et que c'était là, peut-être, le point tout voisin
d'elle que Marthe fixait. Elle regardait en bas; lui regardait en haut : ils se voyaient tous deux. En même temps,
Mlle de Seigny se leva :

« Mon voisin, dit-elle, c'est mal à vous de surprendre ainsi les gens! »

Elle attendait, essayant de sourire, inquiète au fond
de ce qu'il allait lui répondre.

« Oh! ne m'en veuillez pas, dit-il, puisque nous
sommes réconciliés depuis une heure. Si vous saviez,
mademoiselle, comme je suis heureux! Mlle d'Houllins
a tout oublié. Pour moi, c'était fait depuis longtemps...

— Elle dort à côté, dit Marthe tout doucement, en
inclinant son ombrelle.

— Nous allons être de vrais voisins désormais. Je
vais pouvoir me présenter à la Cerisaie, où vous m'avez
si bien accueilli, vous, mademoiselle. J'ai bien souvent
pensé, depuis, à cette heure où je vous ai retrouvée,
après douze ans, la même encore et si... charmante... »

Elle écoutait, les yeux baissés, sérieuse; elle avait envie de partir et de rester.

Il continua :

« Oui, ce souvenir m'est souvent revenu, et c'est lui, je crois, qui m'a amené ici. Pardonnez-moi si je vous ai surprise : j'avais peur, en faisant du bruit, de faire envoler l'apparition...

— Jacques! Jacques! où es-tu? Viens donc, une carpe superbe! cria un des amis du baron.

— Marthe, ma fille, gémit M¹¹ᵉ d'Houllins, réveillée par la pluie, venez vite, il pleut. »

La jeune fille se détourna rapidement, et quitta le bosquet des Olivettes. Jacques vit sa robe mauve disparaître derrière les noisetiers.

« Qu'avez-vous, mon enfant, vous pleurez? dit M¹¹ᵉ d'Houllins quand Marthe fut près d'elle.

— Rien, ma tante, répondit-elle, les premières gouttes d'orage. »

XV

Le baron Jacques ne dormit guère le jour qui suivit. Dès la première heure du jour, il se leva, ouvrit toute grande sa fenêtre, s'assit à son bureau, et écrivit d'un trait la lettre que voici à mon grand-père :

« Mon cher ami,

« Vous triomphez. J'en suis amoureux, amoureux fou, au point de penser à elle au lieu de dormir, et de nommer mon cheval Fragonard comme son chat. Il y a déjà longtemps que j'ai commencé à l'aimer, et je ne m'en aperçois qu'à présent ! Quand j'ai si heureusement donné un effort à Cab pour son service, je crois que je l'aimais déjà ; car enfin, mon ami, on ne jette pas un pur sang dans la boue, on ne lui met pas au cou un collier de labour pour une indifférente. Et depuis, un de mes bonheurs, c'est d'aller voir la pauvre bête boiter dans les prés. J'ai passé ma nuit à me représenter le coin des Olivettes ; car elle est venue là hier, presque chez

moi, sur mon invitation, et la vieille tante aussi : le
lièvre est oublié. Je revoyais sa robe mauve, son sourire aimable et ses yeux baissés. Si vous l'aviez vue,
mon ami ! Votre petite liseuse de Watteau, que vous
aimez tant, n'approche pas de sa grâce angélique. Je
ne pouvais me lasser de la regarder. La pluie est
tombée ; cet imbécile de Gontran m'a appelé ; la tante
s'est mise à gémir. Elle est partie. Et moi qui allais
peut-être savoir ce qu'elle pense, connaître sa réponse,
une réponse d'où dépend mon sort, à présent ! Car, j'y
suis très décidé ; si elle me refuse... Mais non, je n'ai
pas encore à vous parler de ce que je ferai en pareil cas,
Dieu merci... J'ai même quelque espérance ; je crois bien
qu'hier elle me voyait dans l'eau. L'affirmer, c'est bien
audacieux ! Le supposer, c'est si doux, mon ami ! Songez
donc : elle, me regarder, là, tout amicalement, pendant
deux minutes peut-être. Ah ! si j'en étais sûr !

« Vous comprenez bien que cette incertitude ne peut
durer. Il faut que vous veniez ici, et que vous la deman-
diez pour moi. Mon oncle ne veut se mêler de rien :
surtout pas de lettres à écrire, pas de voyage ! ce sont
ses dernières paroles. Je ne puis pourtant pas aller la
demander moi-même ! Vous êtes plus âgé que moi, vous
êtes mon ami, et vous la connaissez. Elle a pour vous
beaucoup d'estime. Vous ne me refuserez pas ce service
d'aller la demander pour votre ami Jacques. Je vous en
serai toute ma vie reconnaissant.

« Alerte] donc, mon ami, passez votre habit vert,
montez dans le coche ; j'irai vous prendre à Segré. Vous
descendrez chez moi. Je vous conduirai jusqu'aux portes

de la Cerisaie. Je vous attendrai là, au coin d'un champ.
Vous reviendrez, et, selon la réponse, je serai le plus
heureux ou le plus malheureux des hommes.

« JACQUES. »

P.-S. — J'ai reçu de notre ami Jules une lettre
enthousiaste du Canada. »

Quand il eut terminé cette lettre, il la relut, la trouva
suffisamment claire et pressante. Il la cacheta, et appela
François.

« François, tu vas seller Cab, et porter cette lettre
chez Mme Giron.

— Oui, monsieur Jacques.

— Tu lui diras de la décacheter et d'ajouter ce qu'elle
voudra. Tu lui diras aussi que j'irai la voir cette après-
midi.

— Oui, monsieur Jacques.

— Elle te rendra la lettre dans une autre enveloppe.
Tu la prendras et tu la porteras, à Segré, aux messa-
geries. C'est compris?

— Oui, monsieur Jacques. »

Le brave garçon s'acquitta ponctuellement de la commission. Il sella son cheval, fut rendu au bourg en cinq
minutes, et trouva ma tante Giron qui s'apprêtait pour
aller à la messe. En lisant la lettre, elle ne put retenir
vingt exclamations, auxquelles François ne comprit rien.

« Enfin, le voilà qui se décide! — Oui, oui, le coin
des Olivettes, je vois ça. — Il ne sait pas si elle le

13

regardait ! Comme c'est difficile à voir ! — Mon frère
refuser ? jamais. — Toute ma vie reconnaissant... le plus
heureux ou le plus malheureux... tu, tu, tu, on connaît
ça. — Il est fou, ton maître, François, il est fou. »

Et elle avait sa bonne figure contente en disant cela.
Elle prit sa plume et ajouta :

« Mon frère,

« Je ne sais si vous comprendrez facilement tout ce
que M. Jacques a voulu vous marquer dans cette lettre.
Mais vous comprendrez sans peine qu'il est amoureux de
Mlle Marthe, et qu'il vous prie de la demander en
mariage pour lui. Ce serait un événement très heureux
pour la paroisse et pour eux deux. Le curé le désire, et
moi aussi. Faites donc diligence autant que vous le
pourrez. Seulement, au lieu de vous attendre dans un
champ de la Cerisaie, ce qui ne serait pas selon les con-
venances, il vous attendra chez moi. A bientôt, mon
frère.

« Votre sœur et servante,

« M. Giron. »

François reprit la lettre, et piqua des deux dans la
direction de Segré. Ma tante Giron sortit de chez elle, et
entra dans la vieille église...

Deux heures plus tard, Jacques de Lucé se mettait
en route pour venir la trouver. Attendre l'après-midi lui

paraissait trop long. Il lui fallait parler de Marthe à
quelqu'un, appuyer ses espérances aux espérances d'un
autre, trouver un écho à cette chanson d'amour qui
maintenant chantait en lui. Tantôt un sourire lui montait
aux lèvres, et tantôt une larme aux yeux : larme et sourire, c'était de la joie. Ses souvenirs d'enfance jetaient
leur note émue dans la chanson triomphale de sa jeunesse. Cette petite Marthe, il la revoyait enfant, avec de
grands cheveux bouclés, à la sortie de la messe du
dimanche, près de son père, vieillard un peu courbé,
qui ne manquait jamais de venir saluer Mme de Lucé ; et
pendant ce temps les deux petits se regardaient ; les
parents, avec un sourire, les poussaient l'un vers l'autre,
et Marthe lui prenait la main, et lui, boudeur, retirait la
sienne. Comme c'était loin ! Il cherchait à se rappeler
quand il avait commencé à l'aimer, et s'étonnait d'avoir
commencé. Et puis ce bonheur l'emportait comme un
souffle impétueux vers l'avenir, et le ramenait ensuite au
passé.

Il allait, le front levé, dans les voyettes des champs.
Le seigle, tout épié, frissonnait au vent. Il y avait un
nid dans chaque buisson, un merle à la pointe de tous
les chênes.

XVI

Quand il eut rejoint la route de Segré à Marans, il sauta lestement la haie, et retomba dans le chemin.

« Bonjour, monsieur le baron, » dit une grosse voix essoufflée, tout près de lui.

C'était maître Taluet, notaire de Segré, qui arrivait à pied de la petite ville.

« Tiens, c'est vous? dit le jeune homme, un peu contrarié de cette diversion. Où allez-vous?

— J'allais vous prendre.

— Pour aller?

— A la Cerisaie.

— Impossible, mon cher Taluet, je suis obligé de m'arrêter dans le bourg.

— Permettez, monsieur le baron, je ne venais pas vous prier de m'accompagner pour le plaisir et l'honneur que j'aurais eus de faire route avec vous. C'est un service que je vous demande.

— Quel service?

— D'être témoin dans un testament. Il me serait difficile de trouver en peu de temps les quatre témoins obligatoires, dont deux lettrés, et cela presse.

« — A la Cerisaie? Est-ce que le père Gerbellière est malade?

— Non, Mlle d'Houllins.

— Mlle d'Houllins, c'est impossible!

— C'est pourtant vrai.

— Je l'ai vue hier soir.

— Frappée de paralysie partielle ce matin à 5 heures. J'ai été prévenu à 7. Mon cheval est malade. Vous voyez : j'accours tout essoufflé... Mais qu'avez-vous donc, monsieur le baron? Vous êtes tout pâle. Je croyais que vous saviez la nouvelle. Vous demeurez si près... Voyons, voyons, il faut se raisonner... C'est dans l'ordre de la nature...

— Dites-moi franchement, interrompit le jeune homme, je vous suis nécessaire?

— Vous m'êtes très utile. Si vous n'acceptez pas, je serai obligé de courir à la recherche de mes témoins, et Mlle d'Houllins peut mourir sans testament.

— Eh bien?

— Eh bien! vous êtes superbe : je n'hérite pas d'elle, ni vous non plus; mais je suppose qu'elle veut avantager quelqu'un, sa nièce peut-être, ou ses cousins de la Bresse; eh bien, vous aurez empêché sa dernière volonté de se réaliser!

— C'est que, précisément, je suis dans une situation délicate vis-à-vis...

— Votre ancienne histoire?

— Non, pas cela, dit le baron.

— Bah! reprit maître Taluet, au lit de mort tout s'oublie. Venez. »

Peu de minutes après, ils traversaient le bourg. Pendant que le notaire allait demander au forgeron de lui servir de second témoin, Jacques s'avança rapidement vers le logis où, tout à l'heure, il se réjouissait tant d'arriver. Ma tante Giron était sur le seuil. Elle le vit tout ému, prêt à pleurer.

« Mon pauvre enfant, dit-elle, j'ai appris cet affreux malheur en sortant de la messe. Je venais d'ajouter un mot à votre lettre, et je vous espérais, si contente! Ne vous attardez pas ici. Je vais moi-même à la Cerisaie pour consoler cette petite Marthe et l'aider. Allez vite, allez. »

Le notaire, le baron et le forgeron prirent le chemin de Vern, hâtant le pas, car la fille de Chanteloup venait de dire que la demoiselle de la Cerisaie était au plus mal.

La route leur parut longue à tous pour des raisons diverses. Ils passèrent devant la Gerbellière, s'adjoignirent deux petits closiers qui demeuraient auprès, tournèrent à gauche, et entrèrent dans la cour du vieux manoir. Personne. Au premier étage seulement, le notaire ayant frappé à une porte, une servante ouvrit. C'était la chambre de la mourante. Le curé était déjà là depuis longtemps, à genoux près du lit. Une des servantes allait et venait; l'autre, assise à côté de sa maîtresse, portait à la main un cierge allumé, et « l'éclairait mourir ». Tout au fond, dans l'ombre, agenouillée, Marthe regardait tour à tour ces mains maigres, immobiles sur le drap du lit, ce pauvre visage encadré de mèches grises, blanc comme l'oreiller, et pleurait. Mais, à travers ses larmes, elle veillait à tout. La malade tourna lentement les yeux du côté de la porte qui s'ouvrait, et remua les lèvres. Marthe se pencha.

« Elle demande du vin, dit-elle. Allez vite, Berthe, voici la clé. »

La jeune fille s'était levée en voyant entrer le notaire et les témoins. Elle reconnut Jacques, et le remercia d'un regard aussitôt détourné vers le lit de la mourante. Lui, très troublé, contemplait cette scène de deuil et la douleur de ce jeune visage.

« Monsieur le curé, dit le notaire, Mlle d'Houllins ne parle plus, n'est-ce pas? Le testament est impossible. »

A ce moment, les lèvres de la mourante s'agitèrent de nouveau, et l'on entendit ces paroles très faiblement :

« Je veux faire mon testament; donnez du vin, et je le pourrai. »

Elle ferma les yeux. Toute sa force avait passé dans ce petit souffle.

« Attendez, monsieur, répondit l'abbé Courtois. Elle parlera peut-être après. »

La domestique, qui était descendue en toute hâte à la cave, remonta avec un flacon de vin d'Espagne. La malade en but difficilement plusieurs gorgées, mais ce peu lui rendit quelque énergie. Elle ressaisit pour un instant la vie qui lui échappait.

« Approchez, dit-elle, hâtons-nous. »

L'abbé Courtois, Marthe et les domestiques se retirèrent. Le notaire et les témoins restèrent seuls dans la chambre. Le curé entra avec Marthe dans le salon.

« C'est un service que je vous demande, » dit maître Taluet.

Ils y trouvèrent ma tante Giron, qui venait d'arriver. La jeune fille s'assit près d'elle, sur le vieux canapé, et, lui passant les bras autour du cou :

« Cette fois, dit-elle, je n'ai plus personne !

— Et Dieu ? répondit le curé.

— Et nous ? » reprit ma tante Giron.

Elle ajouta tout bas :

« Et lui ? »

Un demi-sourire passa sur le visage en larmes de la jeune fille.

« Oui, dit-elle, il est là... Mais qui connaît le lendemain ? Voyez hier... Comme c'est loin déjà ! »

Puis, se détournant de cette pensée, elle raconta la douloureuse matinée qui s'achevait : le coup de sonnette à 5 heures, sa surprise, sa terreur bientôt, l'affolement de tous, le père Gerbellière qui court avertir le prêtre, le métivier qui galope sur la route de Segré, et ces mille détails, ces moindres mots des heures suprêmes, que la mort grave avec un poignard dans nos âmes oublieuses. Elle s'arrêta plusieurs fois pour écouter. La porte de l'appartement était restée ouverte. Mais personne ne descendait, personne n'appelait. Seul, le vent errait le long des corridors en sifflements tristes.

« Si vous m'en croyez, dit le curé, nous réciterons le chapelet pour l'âme qui va partir. »

Les deux femmes se mirent à genoux sur le tapis, près de lui, faisant face à la porte. L'abbé Courtois commença la prière. Elles répondirent. Quelques minutes s'écoulèrent. Tout à coup, Marthe s'arrêta de répondre. Tandis que le curé continuait, elle prêtait l'oreille, les

yeux fixés en avant. Un homme descendait l'escalier. Il
était seul, il allait vite. C'était Jacques. Un instant après,
il passait devant le salon, sans regarder, sans saluer,
sans s'arrêter, cachant sa figure avec sa main droite.
Marthe courut à la fenêtre. Elle le vit sortir par la
prairie. Il avait l'air égaré. Il se jeta derrière les arbres,
et disparut.

« Mon Dieu! s'écria-t-elle, qu'y a-t-il? »

Elle monta rapidement l'étage, et rencontra, sortant
de la chambre de Mlle d'Houllins, le notaire et les trois
témoins.

« Elle est morte?

— Non, mademoiselle.

— Je l'ai cru. M. de Lucé avait l'air si ému. Pourquoi est-il parti ainsi?

— Mademoiselle, répondit le notaire en s'inclinant,
je crois M. le baron de Lucé extrêmement impression-
nable. »

XVII

Mlle d'Houllins expira vers 11 heures. L'abbé Courtois et ma tante Giron l'assistèrent jusqu'au bout de leurs
prières et de leurs soins. Quand elle fut morte, leur sol-
licitude se tourna vers l'orpheline. Ils demeurèrent longtemps avec elle, la consolant, adoucissant de leur mieux
l'amertume de la première douleur. L'après-midi s'avançait
déjà quand ils quittèrent la Cerisaie.

Ils sortirent par la cour, et prirent le chemin qui
longeait la Gerbellière et les ramenait au bourg, tous
deux émus de la mort de Mlle d'Houllins et de la solitude
où allait se trouver Marthe.

« Quel dommage, disait l'un, qu'elle ne soit pas déjà
mariée !

— C'est bien votre faute, monsieur le curé, répondait
l'autre, qui ne manquait jamais de contredire l'abbé
Courtois ; si vous aviez raisonné Mlle d'Houllins, ces
sottes histoires de chasse auraient été oubliées et les
jeunes gens mariés depuis longtemps. A présent, que
va-t-il se passer ?

— Elle est toujours bien libre de ne pas retourner

dans la famille de sa mère et de rester ici. Elle est
majeure depuis trois semaines, et n'a de compte à rendre
à personne.

— Si la majorité empêchait les sottises, je serais
sans inquiétude, mais c'est souvent le contraire.

— Quitter la paroisse, elle, je voudrais voir ça, par
exemple! Mais non, madame Giron, vous vous montez
la tête sans motif. Ce serait une folie et une ingratitude, et une désobéissance aux vœux de son père. Or,
elle n'est ni folle, ni ingrate, ni oublieuse, vous verrez
bien. »

Ils continuèrent à discuter cette hypothèse, en suivant le chemin vert. C'était le temps de la fenaison. Des
poignées d'herbe sèche pendaient aux buissons, et, sous
le couvert des souches, l'odeur du foin se mêlait à celle
des fleurs de ronces. Dans le grand pré de la Gerbellière
qui borde le chemin, on fauchait justement ce jour-là.
Le curé et ma tante Giron s'arrêtèrent à la barrière.
Toute la ferme était dans le pré; en avant, dans la plus
longue trouée, le vieux métayer, tout blanc, nu-tête,
taillait comme un jeune homme dans l'herbe épaisse, à
grands coups de faux; après lui venaient deux métiviers
loués pour la récolte et des voisins qu'il avait priés de
lui aider, car le temps était propice, et le temps change
vite. Les femmes se tenaient en arrière, dans la partie
déjà fauchée du pré. Elles retournaient l'herbe à demi
séchée, qui s'éparpillait au bout des fourches. D'une haie
à l'autre, elles s'appelaient et causaient. Leurs éclats de
voix couraient dans la campagne jusque dans les prés
voisins, d'où revenait, comme une réponse, le vague

murmure d'une autre métairie en fenaison. Les hommes,
eux, absorbés par leur rude tâche, se taisaient. Leurs
faux seules parlaient sans relâche, et luisaient dans le
soleil ardent.

Marie et Annette étaient tout près de la barrière :
Annette, avec son teint toujours clair et son air triste ;
Marie, la cadette, grande, active et rouge. Quand Annette
vit le curé et ma tante Giron apparaître près d'elle, elle
fit un petit salut de la tête, et se détourna à moitié sans
interrompre son travail. Marie s'arrêta de faner, et vint
à la barrière. Ma tante parla quelque temps de la mort
de Mlle d'Houllins, que les Gerbellière savaient déjà ;
puis, changeant brusquement de sujet :

« Eh bien, Annette, dit-elle, te voilà revenue de
Pouancé ?

— Oui, madame Giron, répondit la jeune fille à demi-
voix, en jetant un coup d'œil sur les femmes les plus rapprochées d'elle, comme si elle avait peur d'être entendue.

— Et ton père t'a remise aux champs ?

— Comme vous voyez, il a besoin de moi.

— Et puis, il n'aime guère ton métier, et je crois
qu'il ne serait pas fâché de te voir devenir métayère ; certain gars de ma connaissance le voudrait bien aussi. Tu
sais qui je veux dire ? »

Annette ne répondit pas ; mais, toute confuse et sentant les larmes lui monter aux yeux, elle regarda le curé,
comme pour implorer son intervention. Le visage de
l'abbé Courtois avait pris tout à coup l'expression sévère
et digne qu'il avait toutes les fois qu'il exerçait un devoir
de sa charge.

« Si vous m'en croyez, dit-il, madame Giron, venez-vous-en, et laissez cette fille en paix. »

Ma tante Giron, très étonnée, mais comprenant que le curé n'agissait pas sans un motif grave qu'elle ignorait, quitta la barrière, et le suivit. Quand ils se furent éloignés de quelques pas :

« Vous avez trop parlé, madame Giron, dit le curé, cette fois-ci et une autre fois encore. Annette a mieux à faire que de songer à vos amoureux. Dieu la demande. Elle a la vocation religieuse.

— Ah! mon Dieu, je n'en savais rien, monsieur le curé!

— Il est grand temps que vous le sachiez. Oui, Dieu l'appelle, et le malheur, c'est que le père ne veut pas la laisser partir.

— Comment, Gerbellière?

— Depuis deux ans qu'elle lui demande d'entrer en religion, il lui répond qu'il veut la marier. Elle n'a pas varié, la pauvre fille, ni lui non plus, le païen. Elle avait un peu espéré, au retour de Pouancé, parce qu'il l'avait bien reçue. Mais voilà plus d'une semaine qu'il est redevenu brutal avec elle. Il ne lui dit rien, mais elle sait bien ce que ça veut dire; et vous voyez comme elle a de la peine et comme elle est transie devant vous. »

Ma tante écoutait; un regret cuisant s'emparait d'elle.

« Ah! monsieur le curé! ce Gerbellière! Quel malheur! Comment réparer? Que faut-il faire? répétait-elle.

— L'approuvez-vous?

— Mille fois non!

— Eh bien, allez le lui dire.

— J'y vais, monsieur le curé.

Les femmes retournaient l'herbe à demi séchée.

— Mais non, pas tout de suite, dit l'abbé en haussant les épaules. Les femmes sont ainsi : elles font volontiers une sottise pour en réparer une autre. Vous voyez bien qu'il fauche? Vous n'irez pas lui dire dans son champ : Gerbellière, tu es un mécréant. Patientez une demi-heure. Il rentre toujours un peu avant son monde. Vous le trouverez seul chez lui. »

Ma tante Giron accompagna le curé jusqu'au bourg, prévint Rosalie de ne pas l'attendre le soir, et repartit dans la direction de la Cerisaie, où elle avait promis à Marthe de revenir passer la nuit.

En longeant la barrière du pré de la Gerbellière, elle jeta un coup d'œil sur le groupe des faucheurs qui atteignaient bientôt l'extrémité du champ. Le vieux chef n'était plus là.

« Bon, pensa ma tante Giron, il est à la Gerbellière. »

XVIII

L'intervention du curé n'avait pas échappé à Annette.
En voyant ma tante Giron revenir sur ses pas et se
diriger vers la ferme, elle avait tout deviné. Une lutte
allait s'engager, dont elle-même était l'enjeu. Quelle en
serait l'issue? Depuis plus de huit mois que son père
se taisait, que pensait-il? Toutes les hypothèses, toutes
les réponses passèrent dans l'esprit de la jeune fille,
rapides et nettes comme des éclairs. Puis un désir violent la prit : courir à la maison, écouter, savoir.

« Sœur Marie, dit-elle, si tu voulais, j'irai faire la
soupe à ta place, ce soir, je suis si lasse!

— Rentre chez nous, et ne t'occupe de rien, répondit
Marie. Repose-toi seulement. »

Annette profita d'un moment où les faneuses ne
regardaient pas de son côté, passa rapidement la barrière, et se trouva dans le chemin. En se dissimulant
derrière les haies, elle tourna la ferme, et entra dans le
jardin à moitié inculte. Elle s'avança avec précaution
parmi les orties et les épines-vinettes qui poussaient
là par centaines, jusqu'à une lucarne grillée, et se tint

immobile, l'oreille appuyée au treillage, écoutant le dia-
logue engagé à l'autre extrémité de la salle, près de la
cheminée. Son père et ma tante Giron parlaient à haute
voix; aucune parole n'échappait à Annette.

« Comme ça, Gerbellière, tu rentres une heure avant
les autres?

— Oui, madame Giron. Quand on se fait vieux,
voyez-vous, c'est comme le soleil d'hiver, on se repose
de bonne heure.

— Bah! tu l'as bien gagné. D'ailleurs, la besogne
s'abattra bien sans toi. J'ai vu tout à l'heure tes métiviers
au travail. Tu as les deux premiers faucheurs de la
paroisse, Gerbellière.

— C'est vrai, madame Giron, qu'ils ont du cœur à
la fauche. Mais le meilleur métivier ne vaut pas un fils.

— Ne dis pas ça. Il ne faut jamais regretter ce qu'on
donne, surtout ce qu'on donne à Dieu. »

Puis, arrivant droit au fait, sans transition, elle
ajouta :

« J'ai vu Annette dans ton pré, Gerbellière, elle a
l'air triste. »

Le métayer regarda ma tante Giron avec une expression soupçonneuse et dure.

« Est-ce qu'elle vous a parlé contre son père? dit-il.

— Non, mais je sais tout à présent. Pourquoi la
refuses-tu?

— J'ai besoin d'un gendre, madame Giron, pour conduire ma ferme.

— Marie ta seconde fille.

— Elle est trop jeune.

— Attends un peu, alors.

— Je suis trop vieux.

— Gerbellière, tu sais que rien n'est respectable comme une vocation religieuse.

— Une c'était assez, deux c'est trop. Pourquoi Dieu ne prend-il pas leurs enfants aux riches?

— Voilà une mauvaise parole, Gerbellière, et qui n'est pas d'un chrétien. S'il a préféré ta maison à un château et ta fille à une princesse, tu devrais l'en remercier à genoux.

— Ne m'avez-vous pas dit de la marier?

— Je ne savais pas alors sa vocation. Je ne t'aurais jamais cru capable de t'y opposer, Gerbellière. »

A ce mot, la nature violente du fermier l'emporta. Blême, à moitié levé, il frappa un coup de poing sur la table, et dit d'une voix tremblante de colère :

« Il est possible que j'aie tort, madame Giron; mais j'ai toujours commandé ici, et je n'obéirai pas à mes enfants à partir d'aujourd'hui. Il faudra bien qu'elle cède. Je ne veux pas qu'elle m'abandonne comme son frère. D'ailleurs, le grand Luneau me convient, il m'a rendu service, et je lui ai promis qu'il l'épouserait à la Toussaint. »

Un cri déchirant lui répondit du jardin. Ma tante Giron courut à la fenêtre grillée, regarda, et ne vit personne : Annette s'était enfuie. Mais elle avait reconnu la voix, et le père également.

« Gerbellière, dit ma tante d'une voix sévère, tu résistes à Dieu; il arrivera malheur à cette maison. Moi, je n'y resterai pas plus longtemps. »

Elle sortit, sans autre adieu, traversa la cour, et prit le chemin. Et jusqu'au détour, le métayer, ému à la fois de colère et d'une vague terreur, la regarda s'éloigner, en murmurant :

« Quelle marraine, cette dame Giron, quelle marraine! »

Plus d'une heure encore il demeura à la même place, à côté de la marmite dont l'eau bouillante s'échappait et tombait sur la cendre sans qu'il s'en aperçût.

Au bout de ce temps, un bruit de pas, de voix, de chariots chargés qui cahotent sur les pierres, de chiens jappant au-devant des chevaux, annonça le retour des faneurs. Marie entra. Elle vit tout de suite qu'il s'était passé quelque chose de grave à la maison, et que le père était mécontent. L'absence de sa sœur la rassura un peu.

« Elle a dû dormir, pensa-t-elle, puisque rien n'est prêt pour le souper. »

Elle mit le couvert, et trempa la soupe.

Les métiviers, les voisins, les voisines, essoufflés, affamés, arrivèrent bientôt. Ils s'assirent sur les bancs de cerisier, des deux côtés de la table. Au bout, près du feu, le vieux métayer présidait, très sombre. Une place restait vide, celle d'Annette.

La jeune fille arriva dix minutes après tout le monde. Elle vint s'asseoir rapidement et sans bruit à l'extrémité d'un banc. Ses yeux étaient rouges et battus, son visage en feu. La pauvre fille commençait à trembler la fièvre. Elle eût voulu cacher son trouble et son chagrin, mais elle sentait tous les regards attachés sur elle. On chuchotait, on riait. Chacun de ces rires la blessait au cœur.

Sa confusion enhardit les méchantes langues, et les quolibets se croisèrent en tous sens.

« J'ai toujours commandé ici, et je n'obéirai pas. »

« Regardez-la donc, quelles couleurs elle a aujourd'hui, cette pâlotte !

— Ce n'est pas le soleil qui l'a mordue, elle a tout le temps travaillé à l'ombre.

— Elle aura pleuré. Lève donc les yeux, Annette,
pour qu'on voie si tu as pleuré.

— Savez-vous ce qui est arrivé? dit la fille d'un fermier voisin. C'est son amoureux qui l'a grondée.

— Qui ça? qui ça?

— Le grand taupier, donc.

— Et pourquoi?

— Pourquoi? je ne sais si je dois le dire. Parce
qu'elle veut aller... Faut-il le dire, Annette? »

Annette leva des yeux suppliants vers celle qui parlait
ainsi. Mais le mauvais rire des faneurs redoubla, et la
voisine reprit :

« Je l'ai appris à Pouancé, ces jours, et on me l'a
donné pour certain; Mlle Annette veut entrer en religion.

— Taisez-vous tous! s'écria le métayer, les yeux flam-
boyants. Ceux qui disent qu'elle ira au couvent sont des
fous. Elle se mariera avec Sosthène Luneau, pas plus
tard qu'à la Toussaint prochaine. Maintenant, plus un
mot là-dessus. C'est assez parlé. »

Il se fit un grand silence dans la salle, car Gerbellière exerçait une autorité absolue chez lui, et nul n'aurait
osé le contredire. Les convives, étonnés de cette nouvelle, si singulièrement annoncée, sur un ton de menace,
se regardèrent avec des airs d'intelligence et des hoche-
ments de tête. Annette fondit en larmes. Elle se leva,
et s'en alla dans la chambre à côté pour cacher sa honte.

Le souper ne dura guère. Les gens des métairies
voisines sortirent les premiers, et se dispersèrent dans la
campagne. Les métiviers se rendirent aux étables, et

l'on entendit quelque temps, mêlé aux mugissement des bêtes, le bruit des fourches de fer chargées de fourrage heurtant les râteliers. Puis, par degrés, tout bruit cessa.

La nuit, extrêmement pure et douce, était pleine d'astres. Marie avait rejoint sa sœur Annette dans leur chambre commune, et cherchait vainement à la consoler.

XIX

Annette s'était jetée tout habillée sur son lit. Elle cachait sa tête dans ses mains, et ne répondait que par des soupirs ou des sanglots aux paroles de sa sœur assise à côté d'elle. Elle ne pleurait plus, ses yeux ayant donné toutes leurs larmes. Sa respiration de plus en plus haletante, le gonflement des veines de ses tempes, attestaient que la fièvre montait encore. Marie la voyait malade, et ne savait comment la soigner. Le mal était dans l'âme. Que pouvaient ses douces paroles, contre les rudes propos qui avaient blessé sa sœur? Elle lui avait dit tout ce qu'elle avait trouvé dans son bon cœur de mauvaises raisons et de paroles affectueuses. Annette avait tourné la tête, comme pour dire : Tout est inutile.

Quand elle n'entendit plus, dans la cuisine, le bruit de la servante qui rangeait les assiettes dans le vaisselier, Marie ouvrit la porte, et, au risque de se faire gronder par le père, qui dormait là, dans le lit aux rideaux de serge tirés, elle ralluma quelques tisons enterrés sous la cendre, et mit devant une cafetière.

Dans sa naïveté de paysanne, elle s'imaginait qu'un peu de tilleul ferait du bien à Annette. C'est un remède universel à la campagne. Elle n'avait que celui-là, d'ailleurs, à sa portée. Elle se hâtait, et soufflait le feu, pour que l'eau bouillît plus vite, la bonne Marie! Elle apporta la tisane brûlante, chercha et finit par trouver, derrière les piles de linge de son armoire, quelques morceaux de sucre, en mit quatre dans la tasse, par gâterie.

« Tiens, dit-elle, Annette, je crois qu'il est bon. Cela va te guérir. »

Annette regarda sa sœur, prit la tasse, but une gorgée de tilleul, et répondit :

« Il est très bon, Mariette, très bon; mais va te reposer, pour te lever demain... pour la fête...

— Quelle fête? C'est mercredi demain. Il n'y a pas de fête, au contraire... J'irai à l'enterrement de mademoiselle, tu sais bien? qui est morte tantôt. »

Un sourire léger passa sur les lèvres d'Annette, qui reprit :

« Oui, l'enterrement; mais je n'irai pas, moi, puisque ce sont les vœux, ma petite Mariette. »

Elle avait je ne sais quoi d'égaré dans les yeux. Son expression, très douce, était celle d'une personne que le rêve domine. Sa sœur s'en aperçut. Elle crut qu'elle commençait à s'endormir, et que le sommeil l'emportait sur le chagrin. Elle dit tout bas :

« C'est bon, elle s'endort.

— Non, répondit Annette, je me sens la tête bien chaude. Va dormir, toi, en attendant que l'heure soit venue. »

Il était très tard. Marie, fatiguée d'avoir fané tout le jour, se coucha en se promettant de se lever au moindre appel de sa sœur. Elle s'endormit bientôt d'un profond sommeil, si profond que les plaintes, les phrases incohérentes d'Annette ne la réveillèrent pas.

Vers 2 heures du matin, la malade se redressa. Un rayon pâle de lune, passant entre les volets, se reflétait sur le mur blanc, devant elle. Elle sourit avec le même air égaré que la veille au soir, et dit :

« Voici l'heure venue. »

Elle se leva, mit ses sabots guillochés du dimanche, et quitta sa robe de travail en grosse laine brune. Ses cheveux dénoués se répandirent sur ses épaules. Puis doucement, et prêtant l'oreille pour écouter si Marie ne s'éveillait pas, elle ouvrit l'armoire, et atteignit sa robe blanche, qu'elle portait aux processions de la paroisse. Elle s'en revêtit en hâte, comme si quelqu'un l'attendait. Elle avait mis son chapelet autour de son cou. Ses yeux, agrandis par la fièvre, fixèrent un instant sa sœur, dans l'ombre, et une larme roula le long de ses joues. La porte qui faisait face à celle de la cuisine, et donnait accès dans une laiterie, était verrouillée. Elle enleva les verrous avec précaution, traversa la laiterie, ouvrit la porte du côté du jardin. La lumière de la lune l'enveloppa. Était-ce l'impression de froid de ces heures matinales ou de la lumière la saisissant tout à coup? Elle s'arrêta sur le seuil, et sembla défaillir. Le long du mur de la ferme, à portée de sa main, grimpait un rosier blanc. Elle cueillit une rose, et la tint devant elle comme elle eût fait d'un cierge. Alors, se laissant glisser dans le jardin, elle s'avança d'un pas léger, les yeux levés, sans voir la route, dans l'herbe trempée de rosée.

Le jour approchait. Il s'annonçait à la pâleur des étoiles. Cependant c'était encore l'heure crépusculaire, terne, brumeuse et froide. Pas un murmure dans la campagne. Toutes les bêtes qui voyagent la nuit étaient rentrées. Celles du jour dormaient. Annette sortit du jardin, et entra dans le grand pré où elle fanait la veille. Ses petits sabots étaient pleins d'eau; le bas de sa robe, tout mouillé, se collait sur ses jambes. Elle ne s'en apercevait pas, et continuait à marcher droit devant elle. Sa bouche s'ouvrait par intervalles, comme si elle eût voulu chanter, mais aucun son de voix n'en sortait.

Où allait-elle, la pauvre fille? Ses yeux levés, le port gracieux de la rose qu'elle tenait toujours à la main, son pas mesuré, un peu traînant, le disait : elle se croyait à l'église, au milieu de la procession des religieuses qui chantaient des hymnes; elle allait prononcer ses vœux; l'herbe était le tapis; sa fleur était son cierge; les étoiles, les lumières resplendissantes du chœur; le brouillard, de l'encens; les arbres sombres, la foule, et la rivière, là-bas, c'était la nappe argentée qui couvrait l'autel, et retombait de chaque côté. Sur ses cheveux, la brume du matin se condensait en gouttelettes, qui coulaient comme des larmes. O pauvre fille! Et toute sa maison dormait, et dans sa chambre, où la première lueur du jour entrait maintenant, sa sœur Marie, n'entendant rien, n'osait remuer, et pensait :

« Comme elle repose doucement, le tilleul l'a calmée! »

La forme blanche se rapprochait lentement de la rivière.

Une seule personne la voyait. A pareille heure, il ne
pouvait y avoir qu'un seul homme à courir les champs :
c'était Sosthène Luneau. Il avait quitté, à 2 heures
du matin, Chanteloup, pour aller lever des pièges dans
les hauts prés de la Gerbellière, de l'autre côté de la
rivière, sur la colline. A genoux dans l'herbe, il creusait
la terre à un endroit où il avait « tendu » la veille, et
sifflait un air de chasse entre ses dents. En se redres-
sant, il crut entendre l'appel d'un râle, du côté du ruisseau. Comme il était flâneur et braconnier par nature, il
regarda dans cette direction, l'oreille au guet. La petite
vallée était couverte de brouillard, l'herbe humide avait
encore cette teinte argentée qui est celle des nuits claires,
mais on devinait déjà l'or du soleil dans les hauteurs du
ciel. En ramenant ses regards vers les prés bas, il aperçut une « apparaissance » blanche qui passait lentement
entre les arbres. Le grand Luneau connaissait toutes les
formes que prend la brume chassée par le vent. Il crut
d'abord à quelque demoiselle de l'eau qui rentrait au petit
jour dans les roseaux; mais la forme était trop nette,
malgré l'éloignement; elle suivait une ligne trop droite,
sans s'élever au-dessus de la terre. Les demoiselles de
l'eau se comportent différemment, le grand Luneau le
savait bien.

« Allons, allons, dit-il, qu'est-ce que c'est donc?
S'il était 2 heures après soleil levé, je dirais : C'est
une laveuse qui va guéer son linge; mais on ne lave
pas la nuit, et puis ce n'est pas la saison. Tant que le
foin est debout, le battoir ne bat pas. Qu'est-ce que c'est
donc? »

Il regarda encore. La forme blanche se rapprochait lentement de la rivière.

« Bah! dit-il, s'il y a une âme de chrétien là-dedans, je vais bien le voir. Si ça vole par-dessus l'eau, je me sauve. »

Il attendit un peu. Le cœur lui battait d'une indéfinissable émotion. Annette avançait, droite, la main tendue, sa robe blanche traînant sur l'herbe. Elle atteignit le bord. De grandes touffes de lis jaunes poussaient là, tout fleuris. Elle les écarta de la main gauche, sans baisser les yeux, fit encore un pas. Sosthène ne vit plus rien. Il entendit un cri perçant et le bruit de l'eau qui se refermait sur sa proie.

« C'est une femme qui se noie, cria-t-il, au secours! au secours! »

Et le grand Luneau se mit à courir de toutes ses forces vers la rivière.

Au moment où ces deux cris funèbres, poussés presque en même temps, troublaient la petite vallée, un nuage, comme un pétale de rose rouge, parut à l'orient.

XX

Ma tante Giron et Marthe avaient passé la nuit en
prières auprès du corps de Mlle d'Houllins. Il commençait
à faire un peu jour. La jeune fille, à genoux près du lit,
succombant à la fatigue, laissait involontairement pen-
cher sa tête jusqu'à toucher le drap de la morte.

« Venez vous reposer, mon enfant, dit ma tante
Giron. A votre âge, ces veilles-là sont trop longues,
venez. »

Elles se levèrent toutes deux, et, traversant le corridor, entrèrent dans la chambre de la jeune fille.

« Je ne pourrai pas dormir, madame Giron, je vous
assure, dit Marthe. D'ailleurs, il va falloir préparer plusieurs choses. Vous savez, c'est à 10 heures.

— Étendez-vous au moins sur le canapé. Vous êtes
toute pâle, petite.

— Si vous vouliez, j'ouvrirais la fenêtre auparavant.
J'ai besoin d'air. »

Elles s'approchèrent de la fenêtre, l'ouvrirent, et
s'accoudèrent sur la rampe de bois. La brise fraîche les
enveloppa. Elles respiraient délicieusement cet air irres-

piré du matin qui réjouit tout l'homme. Dans les prés,
devant la Cerisaie, la brume, divisée par l'aube, s'élevait
en petits flocons transparents. Quelques poules criaient
en quittant le joc. Çà et là des voix lointaines de métiviers attelant les bœufs. Un premier vol d'étourneaux,
parti du toit de la maison, s'élança en bataillon serré,
rasa l'herbe comme pour se baigner dans la rosée, se
releva, et, sur la cime d'un frêne, s'éparpilla. La paix
lumineuse répandue autour d'elles reposait les deux
femmes, et pénétrait leurs âmes.

Tout à coup, ma tante Giron se recula, et, saisissant brusquement Marthe par le bras, l'écarta de la
fenêtre.

« Qu'y a-t-il donc? » dit la jeune fille stupéfaite.

Ma tante ne répondit pas.

Haletante, elle s'était de nouveau penchée sur la
rampe de la fenêtre. Au-dessous d'elle deux hommes
passaient, portant sur une civière une femme qui ne
donnait plus signe de vie. Les vêtements de cette
femme, tout blancs, ruisselaient d'eau. La tête, inclinée,
était posée sur des branches vertes. Ses cheveux traî-
naient sur l'herbe. Elle avait un bras ramené le long du
corps, l'autre pendait de la civière et tenait une rose
effeuillée. C'était la pauvre Annette. Dans les deux
hommes qui la portaient, ma tante Giron reconnut le
grand Luneau et Julien, le premier métivier de la Gerbellière.

« Qu'y a-t-il? répéta Marthe, que voyez-vous? »

Déjà le groupe avait dépassé le château, se dirigeant vers la ferme. Ma tante se tourna vivement du côté

de Marthe : la jeune fille était surprise, inquiète, mais elle n'avait rien vu.

« On a besoin de moi en bas, répondit-elle, s'efforçant de dissimuler le tremblement qui l'agitait.

— Qui vous appelle? Vous tremblez, madame Giron, vous me cachez quelque chose...

— Ce n'est rien. Quelqu'un m'a fait signe de me rendre à la Gerbellière. J'ai été un peu surprise. Il faut que j'aille. Je vous prie, reposez-vous là. Quand vous serez étendue sur le canapé, j'irai. »

Marthe obéit. Ma tante Giron sortit, et descendit rapidement l'escalier : elle savait que désormais la jeune fille ne pourrait plus apercevoir le cortège funèbre de la noyée.

Quand elle entendit la porte de la maison se refermer, Mlle de Seigny se redressa, se mit à genoux sur le canapé, et chercha, par la fenêtre ouverte, à découvrir la cause de cette subite émotion. Ses yeux errèrent quelque temps sur la campagne sans rien découvrir d'insolite. Les feuilles frissonnaient le long des branches immobiles. Les étourneaux, descendus de leur frêne, picoraient au pied des meules de foin. Tout était tranquille dans les grands prés verts. Soudain, elle eut un mouvement de surprise, elle aussi. Ses yeux fixèrent avec une attention passionnée un point du pré de la Cerisaie, là-bas, près du gué. Un vague sourire d'abord, puis la stupeur, puis le désespoir, passèrent en quelques secondes sur son visage. Elle retomba sur le canapé, défaillante, et deux mots s'échappèrent de ses lèvres :

« Jacques! Jacques! »

XXI

Quand ma tante Giron entra dans la grande salle de la Gerbellière, la noyée venait d'être couchée sur le lit du père, dans la même attitude qu'elle avait sur la civière. Elle ne respirait plus; ses mains étaient glacées, ses yeux fermés, ses lèvres couleur de mauve pâle. Sa sœur Marie lui enlevait ses petits sabots guillochés. Le métayer, hagard, cherchait à allumer deux fagots d'épines, jetés en travers sur la cendre encore chaude de la veille, et le grand Luneau, qui les avait apportés, debout sur le pas de la porte, regardait, épouvanté et stupide.

« Qu'est-ce que c'est? s'écria ma tante Giron. Personne ne s'occupe de la ranimer? Vous la laissez dans ses habits froids? Va-t'en dehors, Sosthène; et toi, Marie, aide-moi, et promptement. »

Elle s'approcha de la noyée, et, aidée par Marie, lui enleva sa robe mouillée, la couvrit de vêtements épais, et la roula dans une couverture. Elle la coucha ensuite sur le côté, les pieds appuyés sur des briques chaudes enlevées au foyer, lui frotta les tempes avec de l'eau-de-vie.

Plus d'un quart d'heure s'écoula dans ces premiers soins. Annette restait toujours sans mouvement. Ma

tante Giron lui prit le pouls : il ne battait pas. Pendant
ce temps, le métayer avait allumé les épines, et, devant
la flambée qui s'élevait, claire et grésillante, s'était assis,
la tête penchée vers le feu, n'osant se détourner de peur
de voir son malheur en face.

« Elle est morte? n'est-ce-pas, madame Giron, elle
est morte? s'écria Marie tout en larmes.

— Les enfants qu'on refuse à Dieu, Dieu les prend, »
répondit ma tante.

Le père Gerbellière poussa un soupir comme un
sanglot. Elle se repentit tout de suite de ce mot cruel,
et ajouta :

« Qui sait, cependant? Peut-être revivra-t-elle, si
ceux qui ont causé le mal en demandent pardon. Pour
nous, agissons et frictionnons-la, une heure, deux
heures, tant qu'il faudra. »

Le père Gerbellière s'était levé. Il traversa la salle,
chancelant, comme ivre. En face de la cheminée il y
avait, clouée au mur, une niche de bois enguirlandée de
houx, et dans la niche une statuette de la Vierge, en
porcelaine peinte. Accablé de douleur et de remords, le
vieux métayer se laissa tomber à genoux devant l'image
sainte, tira de sa poche un chapelet à gros grains, le
même qu'il portait au cou trente-six ans plus tôt en
marchant au feu, et se mit à le réciter lentement, tandis
que Marie et ma tante Giron continuaient à soigner la
noyée. Le murmure de sa grosse voix de basse montait
et s'abaissait régulièrement. Après chaque dizaine il
s'arrêtait un peu, sans se détourner, comme pour
reprendre haleine : en réalité pour écouter si sa fille ne

Le vieux métayer se laissa tomber à genoux devant l'image sainte.

revenait pas à la vie. Hélas! rien ne répondait à sa
muette interrogation, et le bonhomme commençait une
nouvelle dizaine.

Peu à peu les métiviers de la ferme, des femmes,
des filles des closeries voisines, s'étaient approchés.
Réunis dans la cour, ils causaient de l'accident et des
remèdes à faire. De temps à autre une femme se déta-
chait du groupe, regardait dans la salle par la fenêtre
ouverte, et se retirait en hochant la tête. Alors le grand
Luneau racontait, pour la dixième fois, comment il avait
sauvé Annette, et tous l'écoutaient avec cette curiosité
insatiable qui s'éveille autour d'un malheur récent.

« Ah! mes pauvres gens, disait-il en terminant,
quand Julien, qui avait ouï le cri, comme moi, fut venu
au bord de l'eau, nous l'avons aperçue au fond, dans sa
robe de procession, et moi avec le manche de ma bêche,
lui avec une perche qu'il y avait là, nous l'avons retirée,
la tête d'abord : si vous l'aviez vue, toute droite et toute
blanche comme une neige, elle ressemblait à une bonne
Vierge, sauf qu'elle avait les yeux fermés. »

Le temps s'écoulait. Annette restait glacée et sans
mouvement. Le père Gerbellière terminait la dernière
dizaine de son chapelet. Quand il eut fini, il se releva
avec effort, jeta un regard sur le corps inanimé de sa
fille, et, blême comme s'il avait reçu une balle dans la
poitrine, s'appuyant à la muraille, il dit :

« Laissez-la, madame Giron, elle est en paradis! »

Alors Marie poussa des cris de douleur; les voisins
entrèrent l'un après l'autre, avec des airs effarés, et la salle
de la Gerbellière s'emplit de gémissements et de sanglots.

XXII

A 10 heures, ma tante Giron sortait de la chambre
de Mlle de Seigny.

« Non, mon enfant, dit-elle en fermant la porte,
vous ne pouvez pas venir. Toutes ces émotions vous ont
brisée. Je suivrai le convoi à votre place, et je reviendrai
aussitôt la messe terminée. »

Elle descendit et trouva, dans le corridor tendu de
quelques draperies, le curé de Marans et une réunion
assez nombreuse de paysans et de voisins rangés autour
du cercueil de Mlle d'Houllins.

Après les premières prières liturgiques, huit métayers
chargèrent la bière sur leurs épaules, et, traversant la
cour du château, s'engagèrent dans le chemin étroit
et tournant. Ma tante Giron marchait en tête des
femmes.

Elle avait remarqué, au départ, d'un rapide coup
d'œil, que Jacques de Lucé n'était pas dans le cortège.
Arrivée à l'église, elle le chercha vainement. Une inquiétude nouvelle s'empara de son esprit. S'il n'est pas ici,
pensa-t-elle, c'est qu'il est arrivé quelque chose. Au fait,

hier quand il est descendu de la chambre de la mourante, il avait l'air tout hors de lui.

Cette idée l'obséda, quoi qu'elle fît, pendant l'office. Au retour du cimetière, tandis que les assistants, rendus à la liberté et profitant des rencontres fortuites que ménagent les cérémonies de ce genre, se cherchaient et se saluaient les uns les autres, elle avisa le notaire Taluet, et le cueillit au passage au moment où, sorti d'un groupe en s'inclinant, il allait s'incliner avant d'entrer dans un autre.

« Taluet?

— Votre serviteur, madame Giron.

— Savez-vous pourquoi M. de Lucé n'est pas venu? »

Le notaire eut un geste de désespoir.

« Parti, madame Giron!

— Pour quel endroit?

— En Amérique.

— En Amérique, Taluet?

— Comme j'ai l'honneur de vous le dire. J'ai reçu ce matin même une lettre de M. le baron, qui m'avertit de sa résolution de passer au Canada, et m'ordonne de tenir des fonds à sa disposition. J'en ai bondi de surprise, madame Giron, et de chagrin. Un jeune homme comme celui-là, et à la veille de conclure un mariage... comme celui-là.

— Vous donne-t-il un motif de son départ?

— Aucun. »

Ma tante Giron demeura un instant les yeux fixés à terre, cherchant à se remettre de ce nouveau coup. Puis elle entraîna le notaire à l'écart.

« Taluet, rendez-moi un service, dit-elle. Ce que vous m'annoncez là est très grave. J'ai besoin d'en savoir la cause. Elle est évidemment dans le testament de Mlle d'Houllins. Qu'est-ce qu'il y a dans ce testament?

— A tout autre qu'à vous je ne répondrais pas. Mais vous êtes l'amie de Mlle de Seigny, je vois que vous me demandez cela pour elle... »

Il regarda à droite et à gauche, et ajouta en soufflant ces mots :

« Mlle d'Houllins donne et lègue à sa nièce, en toute propriété, sa fortune tant mobilière qu'immobilière, ce qui représente, — car M. Onésime, prédécédé, était fort riche, — plus de soixante-dix mille livres de rentes.

— Sans condition?

— Sans condition.

— Voilà qui est trop fort!

— N'est-ce pas, madame Giron? Mais votre étonnement diminuera, quand je vous aurai appris que M. Onésime avait fait de grosses spéculations sur les grains d'approvisionnement pour l'armée.

— Ce n'est pas cela qui m'étonne, Taluet, c'est la fuite de M. de Lucé. Où est la raison, puisque le legs est sans condition?

— Je l'ignore comme vous. Tout ce que je sais, c'est qu'hier, dans la chambre de la testatrice, quand il a entendu que toute la fortune était léguée à Mlle de Seigny, il a eu l'air de ressentir beaucoup de chagrin, et que, sitôt l'acte signé, il a pris la porte. Je ne l'ai plus revu.

16

— Où devez-vous lui envoyer de l'argent?

— Au Havre, dans sept jours.

— A revoir, Taluet, et grand merci.

— Votre serviteur, madame Giron. »

En quittant le notaire, ma tante Giron se mit à marcher rapidement pour éviter les quelques groupes encore arrêtés sur la route, et rentra droit chez elle. Rosalie, qui n'avait pas vu sa maîtresse depuis vingt-quatre heures, était de fort méchante humeur.

« Madame Giron rentre peut-être pour déjeuner? dit-elle. Il n'y a rien de prêt. Est-ce qu'on peut savoir quand madame rentrera, avec des vies pareilles?

— Fais-moi le plaisir de te taire, Rosalie, répondit ma tante, et d'aller au plus vite me chercher la Rouge, dans mon pré.

— Je viens de l'y mettre.

— Ramène-la, je pars. »

Rosalie leva les yeux d'un air navré, et descendit en maugréant le chemin des Portes.

Ma tante Giron s'était décidée à partir pour Angers. Elle supposait que Jacques traverserait cette ville, pour y prendre la diligence de Paris, et qu'il ne manquerait pas d'aller voir mon grand-père ou de lui écrire. De toute façon, elle espérait avoir des nouvelles du fugitif. Il est midi et demi, pensait-elle; dans une demi-heure je serai à la Cerisaie. J'embrasse Marthe, je prends à Vern la route de la Pouëze; à 6 heures, j'entre chez mon frère, et, vertubleu! avant la nuit, nous aurons avisé tous deux aux moyens de prévenir cette équipée.

La Rouge fut ramenée du pré. Le jardinier de la

cure, requis pour ce cas important, mit à la forte pouli-
nière la bride à rosette ponceau des grands jours, garnit
la poche de la selle de quelques provisions, y glissa une
paire de jolis pistolets, longs comme le doigt, dont ma
tante Giron eût certainement su faire usage à l'occasion,
et attacha derrière une valise.

A 1 heure sonnante, ma tante Giron trottait sur le
chemin de la Cerisaie. Elle était solide écuyère, et ne
manquait pas d'une certaine grâce rustique dans sa
longue robe de flanelle grise, avec sa cape noire rabat-
tant en avant les tuyaux de sa coiffe, pour les maintenir
contre le vent, et sa cravache de noisetier verni qui,
pour le moindre faux pas, sifflait et s'abattait sur les
flancs de la Rouge.

L'arrivée à la Cerisaie l'inquiétait un peu.

« La pauvre fille a tant de chagrin déjà, se disait-
elle, elle a reçu deux coups si rudes; comment va-t-elle
recevoir celui-là? Je ne puis pas, pourtant, la laisser
seule sans la prévenir. Et puis je lui ai promis que je
reviendrais. »

Avant d'entrer dans la cour du château, elle mit pied
à terre, attacha la Rouge à un pied d'aubépin, le long de
la haie, et, rejetant sur son bras la traîne de sa robe,
s'avança vers la maison.

Marthe l'avait entendue venir. Elle était sur le seuil,
abattue et fanée pour une heure, comme une rose coupée,
qui peut revivre encore si l'eau lui vient à temps.

« Ma bonne dame Giron, dit-elle, vous êtes donc
bien fatiguée que vous n'avez pu venir à pied? Comme je
vous remercie! »

Quand ma tante Giron fut tout près de la jeune fille,
elle lui prit les deux mains, et la regardant au fond des
yeux :

« Il vous faut du courage, ma pauvre enfant, beaucoup de courage. Je viens encore vous apprendre une
fâcheuse nouvelle : il est parti... »

Elle sentit un léger frémissement passer dans les
mains de la jeune fille. Mais ce fut tout, et Marthe
répondit :

« Je le savais.

— Qui vous l'a dit?

— Je l'ai vu.

— Où?

— Ce matin au petit jour, comme vous veniez de
quitter ma chambre, je l'ai aperçu, par la fenêtre, là-
bas, près du gué.

— Quand je vous ai revue, vous ne m'en avez rien dit?

— Ce n'était guère le moment de m'occuper de moi-
même, répondit Marthe, en regardant au loin le toit
fumeux de la Gerbellière.

— Eh bien, que faisait-il, là-bas, près du gué?

— Il avait mis un genou en terre. Il a regardé
quelque temps de ce côté, puis il a fait un geste, comme
pour dire adieu.

— Quel geste, mignonne?

— Mon Dieu,.... il a posé ses doigts sur ses lèvres...,
il était en costume de voyage..., dans le chemin, François tenait deux chevaux en bride.

— Quelle direction ont-ils prise?

— Celle d'Angers... Ah! je ne m'y suis pas trompée,

Ma tante Giron s'avançait sur la route d'Angers, au trot roulant
de sa jument.

ajouta-t-elle, sans pouvoir dominer son émotion, j'ai
compris tout de suite : il m'abandonne, lui aussi! »

Elle dit cela avec une douleur si vraie, si poignante,
que ma tante Giron, en la serrant contre sa poitrine, se
demanda de quels yeux avaient coulé les deux larmes
qu'elle sentit tomber, brûlantes, sur ses mains.

« Allons, ne nous laissons pas abattre, repartit avec
force ma tante Giron. Ce n'est peut-être qu'une courte
épreuve. Si mon projet réussit, vous le reverrez. Savez-
vous pourquoi il part?

— J'ai cherché, répondit-elle, sans trouver.

— Je suis comme vous, Taluet aussi, que j'ai rencontré au bourg. Il m'a appris la nouvelle sans pouvoir
l'expliquer. Les renseignements qu'il m'a fournis sur la
fortune de votre tante, devenue la vôtre...

— Je vous en prie, ne causons pas de cela aujour-
d'hui, je n'en aurais pas le courage.

— Je voulais vous dire seulement que ces renseignements
ne m'ont pas mise sur la voie. Mais, dussé-je faire cinquante lieues à cheval, je saurai la raison qui le fait partir.

— Où voulez-vous aller?

— A Angers, puisqu'il s'y rend, et j'espère bien l'y
rencontrer. »

Une lueur d'espérance, et comme une rayée chaude
après une averse, se peignit sur le visage de la jeune
fille. Elle réfléchit un peu.

« Eh bien, allez, dit-elle, puisque vous êtes si bonne
que de m'aimer comme votre enfant! »

Deux minutes après, ma tante Giron s'avançait sur la
route d'Angers, au trot roulant de sa jument.

XXIII

Mon grand-père était revenu du greffe à 10 heures. Selon sa coutume, il avait déjeuné à 10 heures et demie, et, suivant jusqu'au bout sa tradition quotidienne, était monté dans son cabinet pour y siester avant l'audience. Les greffiers qui n'usent pas de cette précaution sont sujets à siester pendant.

Assis dans son fauteuil Louis XVI à trois pieds de biche, il songeait doucement, en regardant le portrait de « l'homme à la bulle de savon », de Ferdinand Boll, une des meilleures pièces de sa collection : car il avait la passion de la peinture autant que celle de la chasse, et peignait lui-même passablement. A force d'économie et de furetage chez les marchands de curiosités, alors moins visités qu'aujourd'hui, il avait réuni des toiles de toutes les écoles, qui tapissaient les murs de la plus grande salle de sa petite maison. C'était sa joie et sa gloire. Il songeait donc, les yeux mi-clos. D'en bas montait le bruit régulier d'un berceau qu'agitait ma grand'mère. Quelqu'un frappa à la porte.

« Entrez, » dit-il, vexé d'être troublé dans sa quiétude méditative.

Quand il aperçut le baron Jacques, sa bonne figure
changea vite d'expression. Il courut à lui sur le seuil,
l'embrassa, et, passant un bras sous l'épaule de son
jeune ami, l'entraîna à petits pas vers la fenêtre, en
disant :

« Ah! mon bel amoureux, vous voilà! Vous n'avez
pu attendre ma réponse, et vous venez voir si je consens
à demander pour vous cette charmante Mlle Marthe,
cette...

— Pardon, mon ami...

— Mais il n'y a pas d'excuses à faire. C'est tout
simple, j'accepte de grand cœur; croyez bien, même, que
je n'ai pas hésité un instant. J'avais arrêté que je parti-
rais samedi soir. Puisque vous voilà, nous ferons route
ensemble. Pendant le voyage vous me munirez de toutes
vos recommandations, et dimanche, entre la grand'messe
et les vêpres, j'endosserai l'habit vert...

— Inutile, mon bon ami.

— Pourquoi? Est-ce qu'elle serait venue demander
votre main?

— Hélas! vous êtes loin de la vérité. Je la quitte, et
je vous quitte : je pars pour le Canada. »

Mon grand-père, revenu près de la fenêtre, s'était
rassis à sa place habituelle. Au dernier mot de Jacques,
il se recula d'un pas, tandis que le jeune homme, debout
à côté d'un guéridon qui les séparait, embarrassé, affec-
tait de regarder dans la rue.

« Comment, vous aussi! dit-il, mais c'est une folie
contagieuse! Qu'est-il arrivé?

— Un malheur irréparable, un événement inattendu,

« Un adieu qui sera long, peut-être? »

qui met un obstacle invincible entre Mlle de Seigny et
moi.

— Et lequel, mon Jacques? dit mon grand-père en
se rapprochant.

— Mlle d'Houllins est morte.

— Ce n'est que cela? aurait-elle déshérité sa nièce?

— Hélas! non.

— Mais alors, si elle ne l'a pas déshéritée…

— Elle lui a tout légué, mon cher ami, fit Jacques
en se retournant vers mon grand-père, toute sa fortune,
soixante-dix mille livres de rentes, et voilà Mlle de Seigny devenue tout à coup la plus riche héritière du pays;
voilà rompue cette proportion de fortune qui me permet-
tait d'espérer, de demander sa main… Oh! la liste des
soupirants va être longue, bientôt; vous verrez cela,
vous, mais moi je ne veux pas le voir, et je m'en vais.
C'est un rêve fini; n'en parlons plus.

— Votre résolution me paraît, pour le moins, bien
hâtive, mon cher Jacques.

— Elle n'est que trop fondée. Croyez-moi sans insis-
ter davantage. Tout ce que vous pourriez me dire serait
inutile, et mieux vaut qu'il n'en soit plus question entre
nous.

— Comme vous voudrez, répondit mon grand-père
avec un soupir. Mais quelle nouvelle, grand Dieu! quelle
nouvelle! J'étais si joyeux de vous voir entrer! et c'est
pour me dire adieu que vous venez; un adieu qui sera
long, peut-être?

— Très long. »

La pendule se mit à sonner : dig, dig, dig, dig…

« Déjà midi! s'écria mon grand-père en se levant
précipitamment. Je suis en retard. L'audience va commencer. Et le président qui doit aller à la campagne!
Jacques, mon enfant, je ne puis vous quitter ainsi. Il
faut que je vous revoie. Venez dîner ce soir à
5 heures. »

Et, jetant à son compagnon un regard désolé, il
passa devant lui, descendit l'escalier quatre à quatre, et
traversa la place du même pas dont il chassait les lièvres.
Il arriva au tribunal essoufflé, le cœur gros de tristesse.
Oh! cette audience, comme elle fut longue! Le président, qui avait renoncé à aller à la campagne, s'intéres-
sait à l'affaire, les témoins étaient nombreux, les deux
avocats jeunes, le substitut zélé, et les deux assesseurs,
qui eussent pu hâter les choses, disposés au recueille-
ment par trente degrés de chaleur, laissaient faire, laissaient passer.

XXIV

A 5 heures seulement, mon grand-père put rentrer chez lui.

En rentrant, il trouva le baron Jacques.

Le dîner était prêt. Les deux amis s'assirent, tristes, à la table de famille. On essaya de causer, et, tout d'abord, pour obéire à leur convention, ils s'efforcèrent l'un et l'autre de ne parler ni de Marans, ni de Mlle de Seigny, ni de ce cher passé commun dont le souvenir pleurait en eux. Mais qui donc est toujours maître de sa pensée? Ils se sentaient invinciblement emportés de ce côté, et la conversation avait des intermittences que chacun remplissait de ses rêves et de ses regrets. Rien n'y fit, rien ne put dissiper la mélancolie de ce repas d'adieu : ni l'accueil aimable de ma grand'mère, ni la paix souriante qui vivait en elle et se reflétait sur son visage, ni l'effort persévérant qu'elle mit à rattraper et à renouer le fil de la causerie, sans cesse rompu. Insensi-blement, la fatigue de cette lutte et cette loi qui, malgré nous, ramène dans nos paroles nos préoccupations, firent manquer les convives, et Jacques le premier, à l'engage-

ment du matin. Il raconta la vie active, quelque peu
aventureuse, des colons canadiens que, dans sa dernière
lettre, le comte Jules lui avait décrite.

« Ce régime me conviendra fort bien, ajouta-t-il;
Jules m'initiera aux procédés de culture américains, aux
éléments de la langue iroquoise et de la course en
raquettes; car vous savez que le domaine de M. de Mortaing confine aux réserves des sauvages. Qui sait? je
m'habituerai peut-être trop bien au pays, et vous courez
risque de me revoir un jour avec une plume d'aigle dans
les cheveux et le tomahawk à la ceinture. »

Il cherchait à dissimuler la tristesse qu'il avait au
cœur; mais sa gaieté forcée ne déridait personne.

« Mon pauvre ami, répétait mon grand-père, nous
étions si joyeux, ma femme et moi, jusqu'à ce matin!
Excusez-nous, si vous nous trouvez un peu maussades à
cette heure. Nous ne pouvons nous faire à l'idée de vous
perdre.

— Il faudra nous écrire, monsieur Jacques, disait
ma grand'mère. Une lettre, cela console et celui qui
l'écrit et celui qui la lit. Tenez, voilà un petit homme qui
vous écrira sa première lettre dès qu'il saura tenir une
plume. N'est-ce pas, mon trésor? »

Et elle se penchait, à sa gauche, vers une petite tête
blonde dont le menton dépassait à peine la nappe, et
qui, depuis le commencement du dîner, contemplait de
tous ses yeux bleus le voyageur partant pour l'Amérique.

La grosse Fanchette grommelait sourdement, en
changeant les assiettes.

« Iroquois! disait-elle, des gens qui ont des plumes dans les cheveux, des espèces de baladins naturels, quoi! aller chez eux pour son plaisir! N'aurait-il pas mieux fait de se marier avec « cette petite ange du bon Dieu »?

Tout à coup, la sonnette s'agita violemment dans la cour.

Fanchette courut ouvrir. Elle recula de surprise devant les naseaux d'un cheval qui s'allongèrent vers elle. En même temps ma tante Giron sautait à terre, et lui jetait la bride sur les bras.

« Attends-moi là, » dit-elle.

Dans la salle voisine, tout le monde l'avait reconnue à son ton de commandement. Les convives s'étaient levés. Le baron se détourna à demi, un peu pâle, du côté de la porte entr'ouverte.

Elle entra.

« Ma sœur!

— Madame Giron!

— Oui, c'est moi... Ah! vous voilà! s'écria-t-elle en apercevant Jacques. Encore heureux de n'avoir fait que huit lieues à cheval pour vous rattraper. J'en aurais fait deux cents, entendez-vous, pour empêcher votre équipée.

— Vous savez donc, ma sœur? interrompit timidement mon grand-père.

— Si je sais! ce n'est pas lui qui m'a rien appris, mais je sais tout : et le testament, et la lettre au notaire, et le pèlerinage à genoux dans l'herbe, au lever du soleil... »

Le baron passa du blanc au rouge.

« J'ai traversé Marans ce matin, madame Giron, et

17

j'ai voulu entrer chez vous pour vous dire adieu. Vous étiez déjà sortie.

— J'étais à la Cerisaie, à veiller la tante, à soigner Annette, à consoler cette pauvre petite Marthe que je n'abandonne pas, moi, dans le malheur.

— Modérez-vous, ma sœur, hasarda mon grand-père : Jacques a des raisons qu'il vous expliquera.

— Vous allez peut-être le défendre, mon frère! Croyez-vous que j'aie quitté Marans et trotté pendant sept lieues sur huit pour venir manger vos méringues et lui faire compliment de sa conduite? Non, non, je suis venue lui dire, et je lui dirai, qu'il agit contre le bon sens, contre l'amitié, contre tous ses devoirs. »

En parlant ainsi, elle enlevait sa cape d'un geste brusque, la froissait dans ses mains, et la jetait sur une chaise, à cinq pas de là.

« Pardon, madame, dit vivement le jeune homme, c'est précisément le contraire, et en partant je remplis un devoir.

— Je serais curieuse de savoir lequel.

— Je m'étais promis de ne plus revenir sur ce sujet; mais puisque vous voulez savoir la raison de ma conduite, la voici. Jusqu'à hier, je pouvais prétendre à la main de Mlle de Seigny. Nos fortunes étaient à peu près égales. Elle eût, en m'épousant, gardé dans le monde le même rang qu'elle y tenait déjà. Tout à coup, par ce fatal testament que vous connaissez, la voilà devenue millionnaire, la plus riche héritière du Craonnais. Elle peut rêver tout ce qu'elle voudra. Les grands partis ne lui manqueront pas. Mais les autres feront bien de se

Il se laissa tomber sur un siège et cacha sa figure dans ses mains.

retirer, pour ne pas s'exposer à un refus humiliant,
presque forcé. Et c'est ce que je fais! Je sais bien que
vous allez m'objecter nos relations de famille, notre voisinage, nos souvenirs d'enfance, et, en effet, madame
Giron, grâce à de pareils avantages, à la vie très retirée
qu'elle a menée jusqu'à présent et qui n'a pas permis
qu'elle fût remarquée comme elle mérite de l'être, je
pourrais sans doute êtreagréé par Mlle de Seigny. Mais
croyez-vous que je veuille courir le danger de la voir un
jour, connaissant mieux le monde, s'apercevoir qu'elle
aurait pu y occuper une des premières places et regretter
celle que je lui aurais donnée? Non, non, l'honneur me
commandait de partir. En agissant ainsi, je la laisse libre de
choisir parmi les nombreux adorateurs que sa fortune et sa
beauté réunies vont jeter à ses pieds. Je lui épargne même
les scrupules que ma présence lui eût peut-être causés.

— Elle est héritière, c'est possible; mais vous l'aimiez
avant qu'elle le fût, et, vertubleu! je ne vois pas ce qui
vous empêche de continuer.

— Oui, si j'avais déclaré mes sentiments il y a six
mois, deux mois, quinze jours seulement, je pourrais
encore songer à elle. Mais je me suis tu pendant deux
ans; elle ignore tout, et si je parlais aujourd'hui, après
ce testament auquel j'ai assisté comme témoin, que ne
dirait-on pas? et elle-même que penserait-elle?

— Elle ignore tout, vous croyez? dit ma tante Giron
en levant les épaules.

— Je ne lui ai jamais rien avoué, répondit Jacques,
dans les yeux duquel une larme se mit à trembler.

— En vérité, vous êtes trop bêtes, vous autres

hommes de ville! s'écria ma tante en éclatant. Vous ne devinez rien; vous croyez qu'on ne s'aperçoit pas de vos manèges et de vos minauderies. Ah! elle ignore tout! ah! vous ne lui avez rien avoué! Eh bien, moi, je vous dis, monsieur Jacques, que Mlle Marthe sait que vous l'aimez!

— Madame!

— Et qu'elle vous aime!

— Vous vous moquez, madame; c'est mal à vous, répondit Jacques, très pâle.

— Vous en doutez? Voulez-vous une preuve? Je l'ai vue avant de partir. Elle a su que je venais ici, et pourquoi j'y venais, et elle ne m'a point retenue; au contraire, elle m'a dit : Allez!... »

Jacques, qui la regardait, anxieux, s'aperçut bien qu'elle ne se moquait pas. Il voulut parler. Sa gorge serrée par l'émotion s'y refusa. Sentant ses larmes couler sur son visage, honteux qu'on le vît pleurer, il se laissa tomber sur la chaise, et cacha sa tête dans ses mains.

Mon grand-père, déjà rasséréné, se pencha vers lui, et, de sa bonne voix, voulant encourager son ami :

« Vous voyez bien, Jacques, elle a dit : Allez! »

Pendant ce temps, ma grand'mère, émue et embarrassée, baissait les yeux, et caressait les joues roses de son fils.

Un sourire s'ébauchait au bas des pommettes rondes de ma tante Giron.

Soudain, la porte s'ouvrit avec fracas. Jacques se redressa, toutes les têtes se détournèrent.

« Pardon, la compagnie, dit Fanchette. Voilà plus d'une demi-heure que je tiens la jument par la bride. J'en ai les bras coupés. Où faut-il la mener?

— C'est à monsieur Jacques de décider, répondit ma
tante Giron; s'il veut me promettre de m'accompagner
demain matin à Marans, tu vas la conduire *Aux trois
Marchands*, pour qu'elle y passe la nuit; sinon, je repars
de suite.

— Allez mettre la Rouge *Aux trois Marchands*,
Fanchette, dit le baron, et recommandez qu'on lui
donne, à mon compte, autant d'avoine qu'elle en voudra.
Je lui suis reconnaissant à cette bête...

— C'est peut-être elle qui aura la plus grosse part,
repartit ma tante. Elle n'est pourtant pas venue toute
seule. »

Jacques prit la main de l'excellente femme, et la
serra dans les siennes :

« Je n'oublierai jamais ce que vous avez fait, madame
Giron.

— Tant mieux. Mais c'est à Marthe surtout qu'il
faut être reconnaissant. Je vous raconterai tout demain,
sur la route. Pas ce soir, vous en feriez une mala-
die.

« Ah çà! continua-t-elle, vous né m'offrez rien, ma
sœur? Vous oubliez que j'arrive de route et que j'ai bien
gagné mon dîner. »

Et pendant que ma grand'mère, confuse d'une distrac-
tion facilement explicable, tirait une foule de bonnes
choses d'une foule de petits coins, mon grand-père, dans
l'excès de sa joie, et comme sortant d'un rêve, frappa
sur l'épaule du baron.

« Mon cher Jacques, s'écria-t-il, nous chasserons
encore ensemble! »

XXV

Le 1er septembre suivant, les deux cloches de Marans, pendues sous un hangar, à côté de l'église, sonnaient à toute volée. Les gamins du bourg, que le bruit charme, étaient accourus là, au plus près, et suivaient des yeux et de la tête les battants des cloches dans leur trajet régulier. Aux fenêtres des maisons, des bonnes gens se faisaient la barbe, en se mirant dans une vieille petite glace brisée dont il ne restait qu'un éclat, et par derrière, dans la demi-ombre des chambres, passait et repassait la silhouette de la ménagère affairée qui épinglait son châle de soie. La boutique du perruquier ne désemplissait pas. Près de la porte de la cure, une trentaine de pauvres, comptant au moins soixante béquilles, assis par groupes, attendaient la donnée de pain qui devait avoir lieu.

Par deux fois déjà le curé était sorti sur le seuil de la sacristie, et avait fait un signe interrogatif à sa domestique qui, par la plus haute lucarne du presbytère, inspectait la campagne. Deux fois elle avait répondu :

« Nenni, monsieur le curé. »

Les métayers en veste bleue, coiffés de leurs larges chapeaux de feutre; les métayères et leurs filles, avec leurs plus belles coiffes de dentelle et leurs robes à petits plis, arrivaient par famille, traînant les enfants, et entraient dans quelque maison amie, autour de la place. Bientôt toutes les maisons furent pleines, et le murmure d'une foule invisible se mêla aux volées des deux cloches, qui semblaient s'exciter l'une l'autre à bravement sonner pour la fête.

Tout à coup, un gamin, posté en sentinelle à l'entrée du chemin de Vern, traversa la place en criant :

« Les voilà, les gars, les voilà ! »

Beaucoup de têtes parurent aux fenêtres. En une minute toute la ruche fut dehors. On entendait, en effet, un galop de chevaux et des cris et des coups de fusil qui se rapprochaient. L'attente fut courte. Un nuage de poussière s'éleva au tournant de la route, et trente fils de métayers débouchèrent en cavalcade, glorieux, bruyants et retenant avec peine leurs gros chevaux de ferme, gorgés d'avoine et ornés de rosettes blanches. Plusieurs portaient des carabines, d'autres des pistolets d'arçons. Tous avaient un coup de cidre et de soleil sur la tête. Au commandement de l'un d'eux, ils se rangèrent sur deux lignes formant la haie jusqu'à l'église.

La foule se massa en arrière, curieuse, penchée vers la route comme un champ de froment que le même souffle incline tout entier. Le cortège nuptial s'avançait. Marthe de Seigny ouvrait la marche, au bras de mon grand-père. Elle était exquise de grâce, dans sa robe de damas blanc, souriant avec je ne sais quelle gravité émue

à cette population amie, qui se découvrait devant elle et
se pressait pour la mieux voir. Derrière elle, le baron
Jacques, triomphant, élégant comme un prince des
contes de fées, donnait le bras à la mère du comte Jules.
Puis venait, accompagnée du chevalier d'Usselette, qui
s'était décidé à quitter Paris, une très ancienne douai-
rière, coiffée en ruches d'abeilles; puis d'autres voisins,
d'autres voisines, quelques jeunes gens, quelques jeunes
filles, blondes, lestes et bavardes comme des alouettes,
et enfin ma tante Giron, qui avait obstinément refusé
de figurer dans les premiers rangs, et s'était placée au
dernier avec le notaire Taluet.

Tandis que le cortège traversait la place de l'église,
au milieu de la foule que le sentiment profond des con-
venances empêchait encore de manifester bruyamment sa
joie, le notaire se pencha vers ma tante :

« Vous me voyez, dit-il, tout ému, madame Giron,
d'avoir signé ce contrat de mariage. Avez-vous entendu
comme Mlle de Seigny, future épouse, m'a dit gentiment:
« Monsieur Taluet, vous voudrez bien remettre cinquante
« mille francs à M. le curé de Segré, pour être distribués
« entre les pauvres du canton. » Elle est riche, certainement, cette jeune personne; mais je crois qu'elle saura
l'être.

— Elle a le cœur bien fait, Taluet; c'est de race.

— Vous avez raison, madame Giron. Madame la
baronne, sa mère, était peut-être un peu moins jolie;
mais, pour la bonté...

— Pauvre femme! dit ma tante avec un soupir; comme
elle serait heureuse aujourd'hui! »

Les invités entrèrent dans l'église. Toute la paroisse les y suivit. Métayers, closiers, valets de ferme, ouvriers, ils étaient tous venus ; car c'était grande fête ce jour-là : pas un bœuf ne fut attelé, le marteau du forgeron s'arrêta, et la corde des puits resta sèche sur les treuils.

Quand les cloches eurent cessé de sonner, la porte de la sacristie s'ouvrit. Il en sortit six enfants de chœur, comme à Pâques. Les fiancés contractèrent mariage devant l'abbé Courtois, et ce fut lui qui les bénit. Il avait bien préparé un petit discours, mais il comptait sans l'émotion. Quand il vit tant de monde, et tant de beau monde ; quand il vit surtout, agenouillés devant l'autel, ces deux jeunes gens qu'il avait connus enfants, toujours aimés, toujours suivis du regard, dont l'union réalisait un de ses rêves les plus anciens, il sentit qu'il ne pourrait pas parler, et, s'approchant, leur dit :

« Mes enfants, je vais prier le bon Dieu pour vous de tout mon cœur. Ça vaut mieux qu'un discours. D'ailleurs vous n'y tenez peut-être pas, et moi, je ne suis pas bien d'aplomb pour prêcher. »

La messe terminée, au milieu des acclamations et des feux de mousqueterie, Jacques et Marthe de Lucé furent conduits en triomphe à la Basse-Rivière. La jeune femme n'avait pas voulu que la fête eût lieu à la Cerisaie, à côté de cette Gerbellière témoin d'un deuil encore récent, sous les yeux de ce vieillard que les éclats de la joie populaire seraient venus troubler dans la douleur dont il mourait.

Sur la prairie, près du château, deux tentes avaient été dressées : l'une très vaste, où tous les habitants du

bourg et des fermes trouvèrent leur couvert mis ; l'autre,
plus petite, décorée de feuillages et de fleurs.

A quelques pas de cette dernière, devant l'entrée, la

Les jeunes mariés s'étaient levés...

Framboise, en livrée de piqueur, tenait par la bride une
jolie jument grise à crinière blanche, toute harnachée de
neuf, qui piétinait l'herbe du pré. Le mors et le filet
d'acier fin, la têtière ornée de chaque côté d'un chiffre en

argent bruni, les rênes de cuir léger et la selle de femme
piquée d'arabesques de soie, sortaient de chez le premier
sellier de Paris.

Les invités avaient sans doute reçu le mot, car ils
s'arrêtèrent, firent cercle, et se retournèrent tous vers
ma tante Giron qui arrivait, la dernière du cortège, avec
son fidèle Taluet, et ne se doutait de rien. Ils virent le
baron Jacques quitter sa jeune femme, s'avancer vers ma
tante et l'amener à son bras, stupéfaite, jusqu'auprès de
la jument grise.

« Madame Giron, dit-il alors, je sais que la Rouge
est bien malade du grand voyage qu'elle a fait, et qu'elle
ne s'en relèvera sans doute pas. Nous avons pensé, ma
femme et moi, que la Grise pourrait remplacer la Rouge.
Acceptez-la, je vous en prie, en témoignage de la reconnaissance et de l'affection que nous avons pour vous. »

Les hommes se découvrirent, les femmes s'incli-
nèrent, et tous ensemble, joyeux de la joyeuse confusion et de la surprise de ma tante Giron, crièrent :

« Vive madame Giron! Vive madame Giron! »

Pour elle, très émue, et ne voulant pas laisser
paraître cette émotion, elle se mit à tourner autour de la
jument et à l'examiner d'un œil connaisseur :

« Fine tête, murmurait-elle; l'encolure courte; les
reins solides... C'est une jolie bretonne que cette bête-
là! »

Puis, revenant vers les deux jeunes époux, les mains
tendues :

« C'est bien trop beau pour moi, dit-elle. Merci
quand même. »

Ce ne fut pas tout. Jacques et Marthe exigèrent qu'elle prît à table la première place à côté d'eux, et quoi qu'elle fît pour s'en défendre, elle dut s'asseoir à droite du châtelain de la Basse-Rivière, à l'autre bout de la tente. Pendant le repas, elle ne mangea guère, absorbée qu'elle était par la contemplation de ces deux jeunes gens qu'elle aimait tendrement, et peut-être aussi par de lointains souvenirs maternels qu'éveillait toujours en elle la présence de Marthe, et cette fois plus que d'ordinaire.

La journée était douce, le ciel d'un gris laiteux. Par les larges baies que formaient les portières d'étoffes relevées et drapées deux à deux, la vue s'étendait sur les pentes vertes du pré, sur la rivière bordée d'arbres, sur les champs de chaumes et de millet qui montaient de l'autre côté du ruisseau. Rapidement la conversation s'anima. Une joie vraie vivait dans tous ces visages, jeunes ou vieux, qui entouraient la table.

Mon grand-père se trouvait placé vis-à-vis du chevalier d'Usselette. L'ancien page du roi racontait, avec détails, la dernière réception chez Mme de Rumford, une réception merveilleuse, où tout Paris avait applaudi Malibran. Mon grand-père, distrait, ne marquait son attention que par d'insuffisantes exclamations. Il écoutait autre chose : un chant lointain, saccadé, que la brise apportait par-dessus la rivière.

Les nouveaux mariés s'étant levés, pour aller faire le tour de la tante voisine et souhaiter la bienvenue aux fermiers, leur sortie fut suivie d'un silence. Les réunions humaines, comme le vent, ont de ces accalmies subites.

Pendant ce court espace de temps, le chevalier s'était tu. Il perçut alors ce petit cri bien connu des chasseurs :

Ket, ket, ket, ké det! Ket, ket, ket, ké det!

Une compagnie de perdreaux rouges trottait, à n'en pas douter, au bord du champ de chaume, là-bas, près de la haie.

« Qu'est-ce que c'est que ces oiseaux? dit M. d'Usselette.

— Des perdreaux, répondit mon grand-père. Il y a une demi-heure qu'ils rappellent dans ce coin de chaume. Ces coquins m'ont troublé dans mon *bénédicité*. N'est-ce pas enrageant?

— Pourquoi, monsieur, enrageant?

— Songez que c'est aujourd'hui l'ouverture de la chasse! Est-il possible, ajouta mon grand-père avec un soupir, de choisir pour son mariage un jour pareil?

— Comment, c'est l'ouverture! Je m'empresse de vous dire, monsieur, que je n'ai jamais chassé. Mais je ne comprends pas que mon neveu, qui est un damné chasseur, n'ait pas pris garde à cette date. »

Ket, ket, ket, ké det! faisaient les perdreaux.

« C'est la jeune femme qui l'a fixée. Un caprice. Sa mère s'était mariée aussi le 1er septembre. »

Ket, ket, ket, ké det! Ket, ket, ket, ké det!

A ce moment, des acclamations s'élevèrent de la tente voisine : « Vive monsieur Jacques! Vive madame de Lucé! » Les convives prêtèrent l'oreille. Ils entendirent le vague bourdonnement d'un discours débité aux jeunes châtelains par le métayer de la Basse-Rivière et d'une réponse de Jacques, à la fin de laquelle les vivats et les cris redoublèrent.

Quand tout s'apaisa, très loin, très loin, sur le dos du coteau, les perdreaux appelaient encore :

Ket, ket, ket, ké det! Ket... ket... ké det!

Mon grand-père n'y tenait plus. Il s'agitait sur sa chaise, regardait le champ de chaume, clignait l'œil gauche comme s'il allait tirer un coup de fusil. Il était en proie à une tentation formidable de s'esquiver et de courir chez « ma sœur Giron », pour se jeter dans les genêts.

Jacques et Marthe rentrèrent dans la salle, lui tout fier de l'ovation qu'elle avait partagée, elle toute rouge de plaisir. Avant de regagner leur place, ils s'arrêtèrent près de chacun pour recueillir ou dire un mot aimable. En passant près de mon grand-père, Jacques, qui le connaissait bien, s'aperçut qu'il était soucieux. La jeune femme causait avec le chevalier d'Usselette.

« J'ai vécu à la cour, disait le vieux gentilhomme en s'inclinant, et, d'honneur, ma chère enfant, je n'ai rien vu de plus charmant que vous. Si j'avais quarante ans de moins, Jacques n'aurait pas triomphé si facilement. »

Et le rire perlé de la jeune femme montait dans l'air.

Le baron s'était penché sur l'épaule de mon grand-père.

« Avez-vous entendu les perdreaux? dit-il tout bas.

— Ah! je crois bien, mon ami! Ils sont là vingt peut-être.

18

— Pourquoi n'allez-vous pas les tirer? Je vous assure que moi-même, si je pouvais!... »

Mon grand-père fit un geste de désespoir, en montrant son habit de cérémonie.

« Bah! reprit le baron, ce n'est pas une raison pour manquer l'ouverture. Nous allons tout à l'heure quitter la tente pour prendre le café dans le salon. Montez dans ma chambre, François vous donnera mes guêtres et mon fusil... Visez bien surtout! »

La figure de mon grand-père s'épanouit.

« Je vais en tuer deux seulement, dit-il, pour le premier déjeuner de Mme de Lucé à la Basse-Rivière. »

Trois quarts d'heure plus tard, en effet, tandis que les invités finissaient de prendre le café, réunis par petits groupes dans le salon du château, mon grand-père y rentra furtivement. Il avait un accroc à son habit vert. Mais son visage était radieux : il avait fait l'ouverture; il avait, à l'arrêt de son chien, vu le premier vol de perdreaux s'élever en chantant des chaumes.

A l'autre extrémité de l'appartement, près de la fenêtre ouverte sur la campagne, ma tante Giron l'attendait, en causant avec Jacques et Marthe.

Quand elle le vit venir :

« Mes amis, dit-elle, maintenant que vous voilà heureux, je n'ai plus rien à faire ici, et je m'en vais. »

Les deux jeunes gens protestèrent, et voulurent la retenir. Toutes les instances furent inutiles.

« Non, répétait-elle, laissez-moi aller. Les longues fêtes ne sont pas pour les vieux comme moi. »

Ne pouvant la garder, ils voulurent l'accompagner

jusqu'au seuil, et, quand elle les eut embrassés, tout
attendrie, la regardèrent s'éloigner dans l'avenue, au
bras de mon grand-père. Bientôt, comme elle marchait
d'un pas rapide, les bouquets d'aulnes de la rivière et
les premières haies des champs la cachèrent à leurs
yeux. S'ils avaient pu la suivre plus longtemps, ils
l'auraient vue, un peu avant d'arriver à Marans, s'arrêter
sur la route, et, par-dessus les murs d'un champ où,
parmi les ifs, des croix de bois s'élevaient, contempler
tristement une tombe, entourée d'une couronne de violettes de toute saison, près de laquelle l'herbe était plus
foulée qu'ailleurs. Elle resta ainsi un peu de temps;
l'ancienne douleur la ressaisit.

« Ah ! dit-elle, ma pauvre enfant! Je n'ai fait que
penser à elle. Savez-vous, mon frère, qu'elle aurait vingt
ans depuis ce matin! »

Deux grosses larmes coulèrent sur ses joues. Mais ce
moment de faiblesse passa vite. Mon grand-père l'entraîna.
Ils gravirent la petite côte du bourg, et tout au haut, avant
d'entrer chez elle, se détournant du côté de la Basse-
Rivière, d'où montait par instants le bruit de la fête,
elle ajouta, avec le bon air calme qu'elle avait d'habitude :

« La joie des autres, comme cela fait du bien ! »

FIN

41.472. — 27. — TOURS, IMPRIMERIE MAME

Fabriqué en France.